高原的最高处，不是高原上的峰巅，也不是峰巅上的白云，而是白云之上翱翔在天空里的一只苍鹰。

拔河兮

——脱贫攻坚临潭记

高 凯 —— 著

北方联合出版传媒（集团）股份有限公司
春风文艺出版社
·沈 阳·

图书在版编目（CIP）数据

拔河兮：脱贫攻坚临潭记/高凯著 . —沈阳：春
风文艺出版社，2020.10
ISBN 978 - 7 - 5313 - 5865 - 7

Ⅰ. ①拔… Ⅱ. ①高… Ⅲ. ①报告文学 — 中国 — 当代
Ⅳ. ①I25

中国版本图书馆CIP数据核字（2020）第181193号

北方联合出版传媒（集团）股份有限公司
春风文艺出版社出版发行
http://www. chunfengwenyi. com
沈阳市和平区十一纬路25号　邮编：110003
辽宁新华印务有限公司印刷

责任编辑：姚宏越		责任校对：陈　杰	
装帧设计：郝　强		幅面尺寸：170mm × 240mm	
字　　数：157千字		印　　张：12.5	
版　　次：2020年10月第1版		印　　次：2020年10月第1次	
书　　号：ISBN 978-7-5313-5865-7			
定　　价：50.00元			

contents | # 目 录

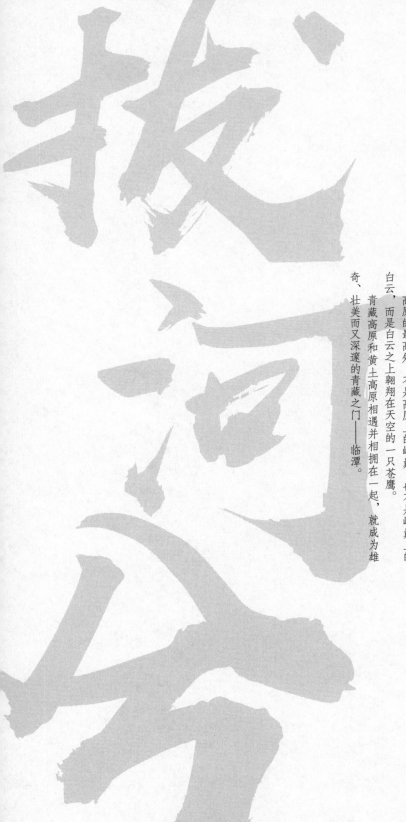

引 子

我又要去临潭了。

此去临潭，一路朝天，天路连着天路，逶迤数千里。

高原的最高处，不是高原上的峰巅，也不是峰巅上的白云，而是白云之上翱翔在天空的一只苍鹰。

青藏高原和黄土高原相遇并相拥在一起，就成为雄奇、壮美而又深邃的青藏之门——临潭。

我又要去临潭了。

此去临潭，一路朝天，天路连着天路，逶迤数千里。

高原的最高处，不是高原上的峰巅，也不是峰巅上的白云，而是白云之上翱翔在天空的一只苍鹰。

青藏高原和黄土高原相遇并相拥在一起，就成为雄奇、壮美而又深邃的青藏之门——临潭。

临潭是一块被文学长久眷顾的土地。甘肃省临潭县是中国作家协会的对口扶贫点，在30年里，中国作协党组书记、副主席钱小芊先后两次到临潭考察指导，思谋临潭脱贫致富的愿景；陈崎嵘、李敬泽、阎晶明、吴义勤、邱华栋等党组书记处成员也到临潭现场开展扶贫调研；邹静之、朱钢、张竞、陈涛等中国作协系统的作家和干部先后长时间深入临潭参与具体的扶贫工作。这次，我虽然只是来完成一个扶贫攻坚的创作任务，但也是一次精神的扶贫，起码我要从心灵深处感应一块贫困而又神奇的土地；而作为中国作家协会一万多名会员中的一分子，我希望通过他们扶贫的足迹，来踏勘20世纪90年代末以来临潭的扶贫进程和成果。

2019年9月19日，中国作协脱贫攻坚创作座谈会在中国作协10楼会议厅隆重举行。上午，国务院扶贫办党组书记、主任刘永富做扶贫工作专题报告，作协党组书记钱小芊主持，作协主席铁凝和在家的李敬泽、阎晶明等副主席及吴义勤、邱华栋、鲁敏等书记处成员全部出席。当天下午，来自河北、贵州、内蒙古、山东、安徽、江西、吉林、山西、陕西、广东、江西、西藏、福建、新疆、云南、重庆、宁夏、四川、黑龙江、天津、湖南、河南、上海和甘肃24省（区、市）的25名作家各自接受了一项脱贫攻坚的创作任务。在随后的座谈中，中国作协所属《文艺报》《人民文学》《中国作家》《民族文学》和创研部等有关单位的负责人一一发言，对25名作家接下来的创作提出各自的意见和建议。会上，创研部副主任李朝全还就一些具体事宜做了一番明确的说明和要求。

会散人未散，各地作家前脚走，中国作协就及时追踪而来，组建了一个"脱贫攻坚项目作家联络群"，与作家保持密切的联系。

其实，这是一次脱贫攻坚报告文学创作工程的启动仪式，其规模之高，前所未见。至此，我终于领会：世界瞩目的中国精准扶贫，是我们的国家温度，而在其收官之际进行的一次全面反映脱贫攻坚的报告文学书写，当然也彰显一种家国情怀。而且，这虽然是一次基层文学采集之旅，却也是一次顶层设计的国家行动。同时，我也明白，这又是我的一次初心写作。

《文艺报》主编梁鸿鹰推荐我参加了这次会议。在北京的座谈会上，我接受的任务是赴中国作协对口扶贫点临潭县采写一部长篇报告文学。写中国作家协会的稿子，对于我这个半路转型报告文学写作的人来说，无异班门弄斧，所以接受任务后心中甚是忐忑。好在得到梁鸿鹰的一番鼓励和启发，加之我的写作任务是甘肃当地的扶贫工作，对我犹如就地取材，所以最后还是鼓足了勇气，接缨出发。我牢牢记住了梁鸿鹰对大伙的叮咛："不少作家要去的地方都有脱贫攻坚工作的先进代表，此前肯定有记者甚至作家写过，所以需要大家寻找新的角度和细节，讲好的故事，写好的人物。"这是当然的，我只有这样去做，才能不负重托。

10月22日中午，在我下榻的宾馆门口，中国作协挂职副县长王志祥，县扶贫办陈玉锴、文东海和此前已经联系我的藏族小伙全志杰等人以两条白哈达的藏族礼节迎接了我。我相信，洁白的哈达一定能把我与临潭连接起来。

在社会交往互相赠送的礼物中，我最心仪的就是藏族的哈达。参加工作以来，因为常在藏乡行走，我珍藏了许多情谊无限的哈达，如果连接起来兴许能从兰州铺到临潭呢。

就这样，2019年深秋，两条像白围巾一样的白哈达在临潭温暖了我。

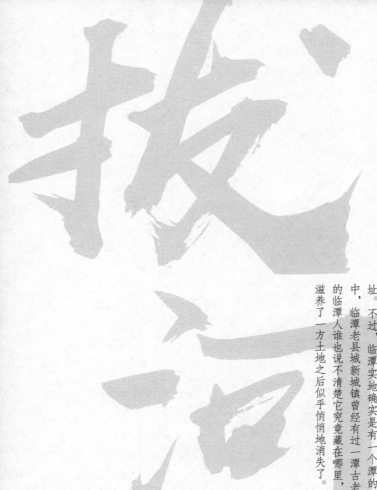

第一章
拔河诗笺

从字面上看，临潭就是临近潭水者也。其实不然，在安多方言里，临潭谓之「哇寨」，意为游牧部落居住的遗址。不过，临潭实地确实是有一个潭的。在当地的传说中，临潭老县城新城镇曾经有过一潭古老的泉水，但今天的临潭人谁也说不清楚它究竟藏在哪里，一片深深的潭水滋养了一方土地之后似乎悄悄地消失了。

　　从字面上看，临潭就是临近潭水者也。其实不然，在安多方言里，临潭谓之"哇寨"，意为游牧部落居住的遗址。不过，临潭实地确实是有一个潭的。在当地的传说中，临潭老县城新城镇曾经有过一潭古老的泉水，但今天的临潭人谁也说不清楚它究竟藏在哪里，一片深深的潭水滋养了一方土地之后似乎悄悄地消失了。

　　临潭现在的潭，只存在于它的名字之中，在实地虽无迹可寻，但其历史渊源深不可测，犹如龙潭虎穴。在临潭旧县城新城镇，因民族光复、缅怀先烈而形成的古洮州十八位"龙神"集会"洮州卫城"的端午节迎神赛会的传统民俗，迄今已有600多年历史。时光之书告诉我们，临潭是一个有文化积淀的地方，仰韶文化、齐家文化、马家窑文化和辛店文化在其境内都有不少的遗存，古老而神秘。

　　到临潭的第一天，县扶贫办青年干部全志杰在送我几本临潭典籍的同时，还送了我一张1∶280000的临潭县地图。小全无疑是希望我及早瞭望一番临潭全景，以便在采访扶贫工作时有全局意识。不仅如此，我希望把临潭的扶贫攻坚放在全省的扶贫攻坚背景之下来观察和思考。

　　这是一幅能引起人长久凝视的地图。我从中发现，临潭的历史镜像清晰地呈现在其中，历史形成的临潭行政区划，犹如一张被干戈撕碎的战书，支离破碎地散落在眼前——周边曲曲折折拐弯抹角不说，全境几乎被卓尼县包裹的临潭，境内竟然有多处全封闭或半封闭的卓尼土地，而被临潭隔断的卓尼境内，又有两处全封闭的临潭土地。在双方之间，被对方全封闭的土地彼此都称作"飞地"，即飞出去落在别人境内的土地。这种"插花接壤"，真可谓"我中有你，你中有我"。这一种情况，作为甘肃人，我前所未闻。

这都是旧世界割据分裂的结果。临潭当地人马廷义编的《临潭史话》是一部临潭简史。从中不难看出，重为"青藏之门"的临潭，因为地处"西控番戎，东蔽湟陇，南接生番，北抵石岭"之要冲，朝朝代代，异族入侵，兵家掠夺，纷飞的战火连绵不绝。其中，既有激烈的边关拉锯，又有炽热的部落纠葛；既有混乱的军阀纷争，也有残酷的官府挞伐。言而总之，和其他少数民族地区一样，庙堂每有动荡，临潭周边必有祸殃。可以说，临潭几经更替的隶属关系和一个变来变去的地名，就是临潭一部汉、回和藏三大民族的苦难史。

涛走云飞，干戈不再，俱往矣。新中国成立以来，民族团结，和谐稳定，那是因为有一个强大的祖国在支撑。这份福祉，无疑是临潭的回族、藏族和汉族等人民几辈子的梦想。

那么，今天的临潭究竟穷成了一个什么样子呢？许多临潭人的生活水平怎么就处于平均每天1.25美元生活费这一联合国贫困标准线之下？

我们今天的贫困，也是一种寒冷，但这种寒冷不是季节性的，而是历史形成的。临潭的贫困，是"冰冻三尺非一日之寒"哪。因为历史欠账太多，民族和谐并没有抵消彼此的贫困，不仅仅是临潭县，甘南藏族自治州各县都有不同程度的贫困现象，只是临潭尤甚而已。今天的临潭人突然发现，在改革开放40年的小康路上，后20年临潭县越来越穷了，成了一个国家级扶贫开发工作重点县。一些在临潭扶贫的人甚至认为，当然也包括我在内，在甘肃大地上，号称"苦瘠甲天下"的地方，不只有定西，还应该加上临潭。

那么，临潭究竟是怎么变穷的？就此，我一到临潭就问了一些临潭人，除了山大沟深、交通不便等自然因素而外，大概有以下几个说法：一曰，高速公路飞速而去，昔日茶马古道的繁荣被遗忘在时代的路边，历史性的贫困进一步根深蒂固；二曰，改革开放40年的中后期，保守的临潭人停步不前了，错过了国家发展的黄金期，由人口增长而衍生的新生贫困借势蔓延；三曰，土地贫瘠，靠天吃饭，许多人外出谋生，撂荒家园。

一切都得从一个具有600年历史的群众性拔河活动说起。

2007年正月十五前后，临潭县举行了一次15万人的拔河比赛，从而创下吉尼斯世界纪录，国家体育总局、中国拔河协会因此授予临潭县"全国拔河之乡"称号。但是，也就是在这一年，临潭的拔河比赛戛然而止，使"全国拔河之乡"名存实亡。

历史悠久的临潭拔河不仅仅是拔河。明洪武年间，经过连绵的战争，边疆稳定，亦战亦农的民族趋于和平，原来用于强身健体的拔河活动自然就成了民族之间增进感情、连接友谊的纽带。到了今天，由一个农民文化宫民间团体组织的多民族群众性拔河，体现了"拧成一股绳"的团结理念，在民族地区无疑有着凝聚人心的积极作用。而且，人们期望通过拔河来增强生活的信心，祈盼来年幸福安康。

临潭的拔河很有声势。在600年的历史长河中，每逢正月十四、十五和十六，临潭县境内境外的各民族群众，不论路途远近，男男女女，老老少少，都要会聚于县城拔河或看拔河。这三天的临潭，从早到晚，城外四面八方的道路上车水马龙，城内大大小小的街巷人山人海，里里外外热闹非凡。

听不少临潭人说，在三天拔河的日子里，每天晚饭之后，农民文化宫的乡贤就吆喝青壮年男子抬着两捆粗绳子，早早来到西门十字，疏通场地，划定河界，分出上街、下街两个区块；接下来，大家将两根粗绳子分别折成双股，使其前端形成一个环状的龙头，然后又呼出八个青壮年，将一个大青稞似的大杠子砸入两个龙首相会的绳套之中，让其不偏不倚地对准那条划定的河界。组织者做这些准备工作的时候，拔河的人和看热闹的人就已经接踵而来，将长长的街道围得水泄不通。等到两边拔河的人旗鼓相当之后，为首的一个乡贤一声令下，上下两片两个指挥的人立即齐声吹响哨子，上街和下街拔河的人一听见哨子，马上就撅起屁股嘿嘿嘿地喊着拔了起来，而两边看热闹的人则加油声此起彼伏，撼天动地。在整个过程中，最让人钦佩的是四个或吹哨或挥旗的指挥者，如果场地被挤占了去，没有立足之地，这几个指挥的人就会跳上去站在绳子上，那个威风、神气的样子真是让人羡慕不已。

全场比赛只拔"三绳"（三局），赢两绳者为胜。一开始，因为拔河都在晚上，姑娘、媳妇都上阵呢，后来放到了白天，害羞的姑娘、媳妇就不上阵了，只剩下青壮年男子；而且，又因为不在乎输赢，两边的人数也不一定相等，以绳子上扒满人为准，如果哪边人多了，也不只是人拔绳，而是人拔人了。甚至也不分彼此，一些人给这边拔赢了又去给那边拔，以至于最后没有真正的输赢，只有两边阵营的胜负。拔河虽然是多民族参与，但能聚到一起，当然都是一家人。龙头交会的区域是最激动人心的地方，看热闹的人都想挤进去，但如果不是有名望的人，或者没有一番本领，想都不要去想。让人热血沸腾的时刻，当然是决出胜负的那一刻，拔河的人和围观的群众顷刻融汇成一片，大家争相把又粗又长的绳子举上头顶，欢呼雀跃，而那一根粗壮的绳子就像一条巨龙从人海中翻腾而出；这个时候，那个挥旗的人将一面国旗高高扬起，令人心潮澎湃。这个壮观的场面还上过中央电视台呢。临潭的拔河，我都是听临潭人说的，或者以前在电视上看的，我一直期待到临潭的拔河现场去看一看。

在临潭，群众把拔河叫"扯绳"，不叫拔河。扯绳所用的绳子，最初是麻绳，因为不结实经常拔断，后来就换成了钢丝绳，由短到长，由细到粗，因时因人而定。如果绳子太细，还要缠几圈草绳，那就不是用手握，而是要抱着。不拔河的时候，那根绳子就像图腾一样被农民文化宫的乡贤守护着，尤其是钢丝绳，害怕搁置起来生锈，每次收起时都要给上面涂一层清油或煤油，这样第二年取出来拔河时，人们就会看见钢丝绳浑身被拔出油的情景。临潭人都清楚地记得，最后一次扯绳是一根长约2000米、比碗口还粗的钢丝绳。团结的力量是无穷的，所以钢丝绳也不结实，也有被拔断的时候。

在临潭，正月里不拔河就等于没有过年。采访途中，我听到这样一种具有代表性的呼声：对于领导们的顾虑，从历史的角度考虑是可以理解的，但从临潭人的地域感情来说我们不能接受。强烈希望这个活动，这份临潭人的执着与坚守，这份洮州儿女的乡愁与念想能够传承下去。

临潭的拔河不是脱贫攻坚，却与脱贫休戚相关。在临潭，2013年以来实施的精准扶贫，帮扶的虽然是群众的生产和生活，但归根结底扶持的是人的精神。而且，扶贫暂时凭借的是政策和财力，最终还是要依靠群众的精神力量。拔河虽然只是一个体育比赛，但临潭多民族的拔河，却是一个多民族的精神之源，犹如临潭那个不知所在的潭。文化是一个民族的灵魂，一根拔河的绳子乃临潭人魂之所系呀。

这些年，临潭县的每一项工作都与扶贫有关，几届四大班子也做了不少工作，甘苦自知，扶贫不是为了争先进，关键还是看实际工作。县扶贫党支部办书记陈玉锴客观地说："表面上看，临潭县的扶贫工作一度落后了，但全县的干部和外面来的扶贫干部却没有少干活。"

十年来，临潭县在每周一的早上8时20分准时举行升国旗仪式。每周到了这一天，四大班子在家的领导和所有没有外出的机关工作人员都要聚集在四大班子统办楼楼前广场，而距离这个广场比较远的城关镇则在镇政府院子同时举行升国旗仪式。县上还以文件的形式将其确定下来。国家意识，在一个县级政府有着这样的坚持和体现，所以几天之中我对临近的一次升旗仪式充满了期待。

临潭四大班子统办楼的对面就是我下榻的宾馆，每天只要在宾馆房间，我都能从窗口看到那个升旗的地方：一个坚实的旗坛，一根高拔的旗杆，正在等待一次次庄严的仪式。

　　10月28日就是星期一。匆匆吃过早饭，我就随几位新上任的县委领导去参加当天的升国旗仪式。8时20分，仪式准时开始，现场一片肃静。我们这些县处级干部都肃立在最前面，其他的人则在后面站立，200多人的样子。仪式由县人大常委会一位副主任主持，他宣布开始以后，三名等候多时的公安民警便将一面国旗护送到旗杆之下，立时国歌嘹亮，国旗缓缓升起，被晨风卷动的一抹鲜红，感觉比早晨的太阳还要温暖。整个程序十分标准，公安民警的动作也很漂亮。县统计局一名女同志进行了国旗下的演讲之后，仪式便宣布结束。最后，大家都陆续去了一个地方：四大班子统办楼。

　　经历了这次仪式，我突然认识到升国旗的重要意义。回到宾馆房间里我又回想了一遍升旗仪式，刚才经历的、过去经历的，以及经常在电视中看到的，心情无法平静。

　　国旗飘扬，祖国为上。临潭的升国旗仪式严肃而认真。但是，我想说的是，升国旗仅仅是一个仪式，一级政府的国家意识必须体现在把国旗升起来之后的实际行动中——面向群众，为人民服务，让国旗永远飘扬在老百姓的心中。

　　人民群众是国家的基石。当下，国家意识必须体现在国家行动和国家温度上——打赢脱贫攻坚战，共同走上小康之路。以人为本，践行初心，不辱使命，造福人民群众，才是真正的国家意识。

　　脱贫攻坚只是民族复兴的一个开始，临潭人必然从临潭开始做起。

开始在乡村采访不久，不止一个人告诉我，前一段时间，新来的县委、县政府主要领导一直在各乡镇马不停蹄地跑着呢，连周末也不休息。那么就让我们拭目以待，看他们是否能交出一份让临潭老百姓满意的答卷。起码，要把临潭的群众性拔河恢复起来，让"全国拔河之乡"名副其实，让临潭人重拾自己的精神和信心。

今年全甘南州未脱贫的人口为2.1万人，而临潭就占了一半，他们的速度必须是奋起直追马不停蹄，而考验他们的是比组织一次拔河更强的综合能力。

当然，临潭还没有到山穷水尽的地步，里里外外的扶贫干部严阵以待，上上下下已经进入倒计时。距离2020年的那个既定目标不远了，临潭必须进行最后冲刺，才不会落在别人的后面。临潭人也知道，像拔河一样，不到最后时刻，攥在手中的绳子绝不能放松。

关于临潭的脱贫攻坚书写，我可能要从中断了十年的拔河开始。在临潭的第三天凌晨，我写出了长诗《在临潭我就想撸起袖子拔河》，节选如下：

临潭而居
拔河之乡没有绳了
拔河之乡只剩下
一条洮河
…………

在临潭

我就想撸起袖子拔河

我是来扶贫的

我要和临潭的各族人民

重新拧成一股绳

与贫困拔河

拔出穷根

拔河的绳子

是结绳记事的绳子

是牛缰绳的绳子

是马缰绳的绳子

是羊缰绳的绳子

当然也是我回族藏族妹妹

红头绳的绳子

能来到临潭

我就不是一个外人

从地图上看

有人曾经把我的临潭

撕成几块碎片

有两块飞地

飞出很远

好在一根绳子

后来把几个兄弟的心系住了

彼此之间多么和谐呀

许多个小家庭

都是多民族

一家之内

有回族人有藏族人

和汉族人

而且

每周一早晨八点

几个民族的公务人员

都要在一个旗杆之下

用一根绳子

升国旗

临潭的人

一直是很厉害的

临潭的潭也是很深的

那个拔河比赛的吉尼斯世界纪录

必须由临潭人自己改写

临潭绝对不能

输给临潭

其实

我只是来加油的

但在临潭我就想撸起袖子拔河

我要和全县扶贫干部一起

与贫困决一胜负

把那些人从彼岸拉到此岸

一股劲撼天动地

力拔山兮

没有想到，这首关于拔河的诗成了我在临潭所到之处不用自己出示的一张名片。那天一大早，我刚把诗发到县扶贫办专门为我建的"临潭扶贫报告文学"群，似乎瞬间就被群里的临潭人转发出去。一会儿，身在兰州的临潭籍《中国青年报》记者马富春就转发给了我，说是很多临潭人在疯转。而在接下来的采访中，我每到一处，都有人兴奋地主动说起这首诗。对此，我当然很高兴了，而且不是一般的高兴。

我无意宣传自己的诗，关于扶贫的文学采访，也是文学的扶贫，起码是加油鼓劲。为了让更多的人看到或听到这首诗，我又拜托两位尚未谋面的朗诵家——云南罗兰女士和杭州洪水根先生，分别朗诵并录制成节目在自媒体中发出。自媒体广泛传播之后，《人民日报》（海外版）副刊也发表了原作。随后，梁鸿鹰又安排《文艺报》微播报推出了老洪的朗诵版。而我在朋友圈推送这首诗时，按语都是一句"继续在临潭拔河"。

在王旗镇，我的拔河诗无意中祭奠了一个扶贫干部的亡灵。11月1日大清早，我们一行在大沟门村大沟湾社路边等候驻村干部时，为了打发时间，看周围无人，我又打开手机放出老洪的诗朗诵给自己听。但因为天气太冷冻手，我将手机竖着立在墙壁上一个小康村建设项目宣传牌框底的木沿上，一边听我的诗一边看宣传牌上的内容。这时，旁边的县扶贫办副主任李生玉凑过来，指着宣传牌上项目分管领导李聚鸿的名字说，这位是原来的副镇长，人已经走了，得的是癌症。因为工作出色，去年被省里评为先进，他本人生前还不知道呢。老洪的朗诵是悲怆的，李生玉介绍的情况也是悲怆的，二者突然交织在一起，老洪的朗诵像一个背景陪衬，将李聚鸿可能停留过无数次的小山村街道渲染得很是悲怆。听完老洪的朗诵，我的心里慰藉了许多。我和老洪无意之中以诗和诗朗诵告慰了一个亡灵。

我的拔河诗追赶上已逝的李聚鸿让我感慨不已：人世间美好的事情怎么总是这样微妙呢，我的无意之举是不是在冥冥之中感知到了一个灵魂的存在？

在历史上，今天的王旗镇曾经被称作铁城。北宋熙宁年间，因为在边陲防御上发挥了重要作用，现在王旗镇的中寨村、梨园村、磨沟村和王旗村在当时被称为"铁城四寨"。四个小山村，曾经很刚强，现在也很美丽，但其中的生活很残酷，因为今天的王旗镇是全省40个深度贫困乡镇之一。

"我在县城开会时就看到你的拔河诗了！"这是王旗镇党委书记敏振西返回镇政府与我见面的第一句话。也许是吃午饭前一个驻村干部又放了老洪的诗朗诵的缘故，当大家从我的诗说到李聚鸿时，敏振西突然当众泣不成声，一个大男人的哭相令在场的人无不为之动容。在午饭后的采访中，说着说着，敏振西再次泪流满面。

去世时只有37岁的李聚鸿是一个让人悲伤不已的乡镇干部。平时，在大家眼里，李聚鸿应该是一个很健康的人，长得高高大大的，一直还坚持锻炼身体。但是，有一天他突然对敏振西说，这段时间感到自己很困乏。敏振西一听，让他放下工作去查病，而李聚鸿却说，扶贫任务重，走不开呀。这样，直到女儿扁桃体发炎，李聚鸿才趁带女儿去县医院看病的机会顺便给自己检查了一下身体。不查不知道，一查吓了他一大跳，居然是胃癌晚期。但是，李聚鸿很淡定，打电话告诉敏振西结果。这下再不能推了，生命最重要。在敏振西和大伙再三催促下，李聚鸿才放下工作去北京治病。不用问，为时当然晚了，当初的诊断结果就是死亡通知书。这样，回家化疗8个月之后，李聚鸿就寂然殁在家中。

李聚鸿的直接死因是胃癌晚期，但谁都知道，太劳累、压力大是其直接诱因。敏振西清楚地记得，2018年腊月二十九，李聚鸿回到新城镇家里说的第一句话也是最后一句话："终于到家了！"

李聚鸿如释重负的话，让许多扶贫干部感同身受。这些年，扶贫干部尤其是乡镇干部，都是顾不了家的，任务重，工作就忙，有家不能回，等于没有家。之前，我在店子乡听到这样一个故事：2019年7月的一天，一个乡干部的妻子把两个孩子领到乡政府，往几个月没有回家的丈夫怀里一塞，然后质问："你们努力的目的不就是为了更好地生活吗，你连家都顾不上还谈什么幸福生活呢？"说完扭头就走了，头也没有回一下。而李聚鸿在看病之前，已经三个月没有着家。

不过，李聚鸿让人感到悲伤的还不是他的死，而是他的贫穷。平时，大家只看见李聚鸿经济不宽裕，但是谁也不知道他竟穷到了什么地步，直到他去世后大家才知道这一情况：他几年前买的一套房还欠银行贷款5万元，主要靠日子并不好过的农民父母挖药材偿还；去北京治病之前，他又向亲戚朋友借了8万元。

敏振西说，李聚鸿当初一直不愿意去北京治病就是因为家里没有钱。李聚鸿治病期间所花的钱，除了李聚鸿自己借的8万元，其他都是各方筹措的。其中，水滴筹27万元，甘肃省交通运输厅3万元，王旗镇镇府1万元，职工捐献19.4万元，临潭爱心协会1万元，临潭县红十字会1万元。

我离开王旗镇以后，敏振西还发短信感谢我："您写的那首诗，为我们加了油，鼓了劲。"对此，我很羞愧，但是作为一个诗人，我又很幸福，而且不是一般的幸福；我当然也很自豪，而且不是一般的自豪，原来我的诗歌也是能派上用场的。

扶贫的代价是沉重的。10月7日，与临潭同属于甘南藏族自治州的舟曲县，4名干部在下乡扶贫返程途中因所乘车辆突然坠入江水不幸全部遇难。都是年轻人哪，这给我的临潭扶贫采访意外涂上了一层悲伤的色彩。11月20日，在这次车祸中遇难的舟曲县扶贫办藏族干部张晓娟被中共甘肃省委追授"甘肃省优秀共产党员"称号。这种告慰，令人慰藉。在甘肃，李聚鸿已经不是第一个在扶贫期间离世的扶贫干部，此前我扶贫的临洮县县长柴生芳就是累死在办公室里，他是唯一被中宣部授予"时代楷模""最美奋斗者"称号的扶贫人，事迹被人们广泛传颂。

　　李聚鸿之死当然是扶贫之殇。我的拔河诗能够路遇已故的李聚鸿，说明我可能抓住了被临潭人扯断的拔河绳子——临潭之痛。

　　我只是希望读者通过我的这首拔河诗走进窘迫的临潭。

第二章

困境中的突围

事情发生在11年前的洮滨乡。2008年，让吴玉平没有想到的是，他从乡党委副书记升任人大主席不久的第一件事就是打了一个人。那是年底的一天下午，他到村里收缴医疗保险和养老保险费，在村委会院子里听见外面有人骂人，走出去一看，原来是一个年轻人喝醉了酒正在耍酒疯。在院子里时，因为距离远没有听清，走到跟前后才听清楚。于是，吴玉平严厉警告酒疯子：对共产党有意见可以提出来，但不许骂人。

事情发生在 11 年前的洮滨乡。2008 年，让吴玉平没有想到的是，他从乡党委副书记升任人大主席不久的第一件事就是打了一个人。那是年底的一天下午，他到村里收缴医疗保险和养老保险费，在村委会院子里听见外面有人骂人，走出去一看，原来是一个年轻人喝醉了酒正在耍酒疯。在院子里时，因为距离远没有听清，走到跟前才听清楚。于是，吴玉平严厉警告酒疯子：对共产党有意见可以提出来，但不许骂人。

酒疯子哪里听得进去，仍大骂不止。

吴玉平急了，上去就是一脚，将酒疯子踢倒在地。酒疯子见状，不但赖着不起来，还扯破嗓子大声地喊："共产党打人了，共产党打人了！"听见酒疯子的呼喊，与其在附近小饭馆喝酒的十几个年轻人立即冲了出来，将吴玉平团团围住。吴玉平见情况危急，连忙打电话向乡政府干部求救。庆幸的是乡长带领的援兵及时赶到，报警后派出所把酒疯子带走，那十几个年轻人才一个个散去，一场肢体冲突得以化解。

原来，十几个年轻人都是返乡的外出打工者，一年不见聚在一起喝酒呢，喝酒中说起家乡的贫困和自己在外面所受的辛苦，不免心生不满，那个酒疯子出去撒完尿忘乎所以，当街借着酒劲就冲着村委会骂了起来。

这次打人，吴玉平也把自己打醒了。吴玉平知道，酒疯子其实是酒后吐真言。当时，精准扶贫还没有全面铺开，见不到政府有力度的作为，加上乡政府在一些事情上一碗水没有端平，一些老百姓当然有情绪。吴玉平对外出打工的农民是充满同情的。在他看来，包括酒疯子在内，在国家精准扶贫行动开展之前，这些外出打工的农民工，背井离乡率先为贫困的家乡扛起了沉重的负担。与那些懒汉相比，他们应该是国家脱贫致富的大功臣。

这一件事，是吴玉平开车带我去巴杰村的路上讲的。不过，如今洮滨乡已经是洮滨镇，吴玉平已经是洮滨镇镇长了。我们之所以要去巴杰村，是因为2012年年底洮滨乡发生过一次大规模的群众上访事件，分别涉及巴杰、郑旗、石旗、总寨、秦关、新堡、朱旗和常旗8个村子，而最初策划上访的村子就是巴杰村，我想去了解一下群众当初上访的原因和经过。此外，洮滨镇是临潭县最穷的一个乡镇，其贫困的原因具有代表性，我也想在洮滨镇最贫困的村子找到临潭的穷根子。

的确是山大沟深，我们眼前的道路如一条被遗弃的拔河绳子，弯弯绕着弯弯。巴杰村的道路可能是我到临潭以后走的最差的道路，弯弯曲曲不说，路面比一辆轿车宽不到哪里去，人坐在车上只能看见前后的路面而看不见左右两边的路面，如果遇见前面来车，不知该怎么会车。我这样想着，迎面真的就来了一辆拉药材的三马子，药材装得满满的，不但超出了车厢，还超出了路面。吴玉平说，自那次上访之后镇政府规定，遇到这种情况，必须给群众的车让路。于是，吴玉平开始倒车，并示意后面和我们一起的一辆车也倒车。这样，两辆车一直倒到100多米后的岔路口，才把拉药材的三马子让了过去。走了不大一会儿，又碰见一辆空载的农用车，幸好路边有一块余地，互相做了简单的避让，我们才没有再次倒车。

洮滨镇群众的经济来源，除了外出务工，就是养殖和种植。这些寒碜的家底，沿途我们都看见听见了，家家户户都种有药材，都或多或少饲养着家禽家畜。而且，在沿路远处或高处的山野里，我还看见了在农业区不常见到的规模性的黑驴群、牦牛群甚至赛马群。

吴玉平是主动要求带我们到巴杰村的。从镇政府出发时，我之所以换乘吴玉平的车，就是想在路上听他介绍情况。吴玉平是一个有故事的人。一路上，除了上面那个酒疯子的故事，他还给我讲了几个让人听后感到非常绝望甚至愤怒的故事。

下面这些懒汉的故事都发生在8个上访村。

有一对姓胡的父子，父亲55岁，儿子30刚过。因为穷，父亲的老婆早离家出走了，儿子至今还没有娶上媳妇，所以一对父子是一对光棍。因为二人都享受一类低保，每人每月有338元的保障，所以父子二人平时啥都不干。二人也种了几亩地，但种的都是平时家里离不开非种不可的东西，比如土豆、青稞，而且一种下他们就甩手不管了，统统交给了老天，只有收获的时候去地里毛毛草草地收一下。父子俩也养了一头小牛，山里的牛是不用人专门去放的，但这一对父子就是把这头牛当作宠物养，整天赶着牛满山胡转悠。不放牛的时候，父子两人就待在热炕上，一壶冰糖水，20元一条的红兰州香烟，往一个小桌子上一摆，喝着，吸着，谈天说地。

村子里的一些人看不过眼，就好心劝做父亲的，知道这个做父亲的是怎么回答的吗？听听吧——

"你去干点活吧，把地里的草锄一锄！"

"我的牛离了人不行，我要放牛。"

"那就让儿子出去打工吧。"

"儿子有气管炎，不能干重活。"

"那就去干一些轻一点的活吧。"

"儿子没有念过书，外出害怕丢掉。"

"你不会让人带着去？"

"儿子身体弱，没有人愿意带。"

总之，当人们劝他和儿子去干活时，这个懒父亲都是以各种理由拒绝。但是，就是这样一对懒得出奇的父子，却一直缠着乡政府要待遇："我要盖三间瓦房，我要……"

这真是"干部干，群众看，靠着墙根晒太阳，等着政府送小康"。这样扭曲的懒汉怎么扶呢，谁能把他们扶起来？扶贫可能还会养出懒汉甚至扶起对头。

有一个姓侯的人，20年前父母给娶了一个媳妇，但因为其好吃懒做，而且还打媳妇，不到一年媳妇就离开他了，也没有给他生下孩子。父母在世时，因为哥哥的日子过得好，跟着哥哥过的父母还经常偷偷地接济他，但父母去世后他的日子就过不下去了。本来，他还有三间土木结构的房子，但他把一间拆掉烧火了，离家去邻村入赘之前，他又把剩下的两间包括一块菜园子，分别以500元和50元的价格贱卖给了邻居。

村里人以为，他能自断后路，从此可能就改邪归正了，会好好过日子的，但没有想到，不久他又把媳妇打跑了，家里只剩下他和一个养子。后来，养子成人入赘到别人家，又剩下了他一个人，于是他就去了内蒙古、银川一带，继续入赘当上门女婿。本性难移呀，进了第一家，因为好吃懒做，还爱家暴，几年后被人家赶出了门；不久又进了第二家，因为同样原因，又被赶出了门；不久又进了第三家，又是好吃懒做，实施家暴，结果一模一样——被扫地出门。

20年中，因为太懒，还有家暴行为，这个姓侯的人进了三家门都被人家赶了出来。因为他入赘的三家都是离婚或者丧夫的家庭，所以他在三家都没有自己的孩子，实际成了孑然一身的孤家寡人。走投无路的情况下，他听见家乡在开展扶贫工作，又厚着脸皮回到家乡。没有想到，这个要地没地、要房没房的懒汉、败家子和家庭暴徒可有办法了，他先是搭起了一个破帐篷，然后给镇政府放出一句狠话："我就等着县上、州上和省上的人来看我过的啥日子！"这无疑是在绑架扶贫政策，是对村干部的一种威胁。

不过，故乡对这个返乡的懒汉是温暖的，因为他的户口还在村里，镇政府就把他按照一类低保对待，给了3万元，在乡亲们的帮助下，盖起了三间房。这个懒人的故事，似乎比一个古老的民间故事还生动呢。

懒汉们如此，那些对生活失去信心的人恐怕也扶不起来了。

一般来说，在大多数人的家里，都是男的出门打工养家糊口，但在一个招婿的女权家里，养家糊口却是女人的义务，甚至是一种权利。有一个年轻人，就不提名道姓了，因为是上门女婿，只能由妻子出门去打工挣钱，自己待在家里看孩子。结果，妻子一去三年未归，其间夫妻只保持通信联系。有一天，妻子终于回来了，但让他日思夜想的妻子却挺着一个大肚子。

狠心的女人生完孩子之后，甩下孩子和自己的父母，又独自偷偷地去了外地，至今杳无音信。这个年轻人，不但被戴了绿帽子，还多了一个人口包袱，加上女人的父母和自己的两个孩子，一家六口生活负担很是沉重。遭此打击，这个年轻人已经失去了生活的信心，整天无所事事，喝着劣质酒打发着漫长的日子。对于这样潦倒的男人，烈酒就是血液，喝酒就是在输血呢。

遭遇贫穷的山村也是很疯狂的。有一个家庭，女人病故，丢下了丈夫和一对双胞胎男孩。这一老二少都有精神疾病。2015年，乡上统一进行易地搬迁，父子三人买了山下亲戚家一块租给别人种药材的土地，到第二年临近盖房时，父子三人去挖房基，承租人却说他们挖了自己的药材，想敲诈父子三人3万元钱。其实，承租人自己早就把药材挖走了，那一块地已经是空地。但是，三个人竟然被人家唬住。于是，父亲跑到街上买了一条"黑兰州"，让两个娃送去，希望人家高抬贵手，少要一点钱，没想到人家根本不理茬，直接把烟扔了出来，硬是要他们赔3万元。一个穷家，哪里有3万元哪，仅有的几万元也是政府给的盖房子钱。这件事，经派出所调查，虽然因为证据不足不了了之，但经这么一折腾，双胞胎原来的病复发了，一连几天闹腾得村子不能安宁。第一天，双胞胎一人手里拿一条"黑兰州"，见人就给发一包；第二天，双胞胎又一人揣一沓面额50元的人民币，见人就给发一张；第三天，情况就不一样了，双胞胎一人提着一根木棍，见人就打，他们的父亲抱都抱不住，直到乡政府和派出所的人赶到，才将双胞胎控制住；第四天，二人被送到天水市精神病医院，村子才恢复了平静。后来，双胞胎的父亲脑子似乎也不好使了，双胞胎住院时镇政府从办公经费中垫付了3万元，双胞胎的父亲硬说是政府给救济的钱，往乡政府要不下之后还几次去县上告状呢。

这些贫困的故事，已经远远超出人们的想象。

巴杰村的老年人都在路边晒暖暖，也就是晒太阳。

当我们的车在公路慢下来时，就引起了他们的注意，而当我们的车在对面一个小卖部门前停下来之后，他们则一起注视我们。他们看我们的眼神，浑浊而胆怯，甚至还有一点迷茫，有点像羊的眼神。这是一个古老的人群，其中除了一两个年轻女人和一个孩子的服装有点亮色而外，其他的人都是那种"老虎下山一张皮"式穿着，色调暗淡而沉重，当然还有肮脏和邋遢。对于我，这都是一种旧时光了，所以我说它古老。在巴杰村遇见晒暖暖，我就像穿越了，突然回到了从前。在四五十年前，我的童年时期陇东农村就是这个样子，包括还是孩子的我在内，农闲时节，除了吃饭睡觉，一群人经常用几乎一整天在享受乡村一个古老的传统——晒暖暖。在我几十年生命的记忆里，晒暖暖一直是一件很幸福的事情，因为那天的天上肯定有太阳。今天看来，出来晒太阳的人，除了取暖，也是希望被阳光照见。

不过，我们暂时没有惊扰这群晒暖暖的人，而是直接进了那个小卖部。吴玉平把我领到这个小卖部是有原因的。小卖部的主人是从前的村支书，叫李茂生，今年69岁，因为一次意外跌伤，提前从村支书的位子上退了下来。从2012年12月18日开始到2013年1月9日结束的那次上访，李茂生无疑是一个有力的见证者。为了能让他无所顾忌地放开说，我让所有跟来的人都回避了。寒暄了几句，我开门见山，直奔主题。我想，和山里人在山里说话，就得开门见山，不能绕弯弯。弯弯的山路他们走得多了，已经很累很苦。

原来，7年前8个村的那次联合上访，矛盾的冲突集中在以下三个方面：

其一，没有评上贫困户享受不上扶贫待遇的人对政府有意见。他们认为，我的日子过好了，是我们自己凭汗水挣下的，而那些贫困户是因为懒惰才受贫的，为什么给他们扶持资金而不给我们。而且，一些人对贫困户类别的区分也有意见。

其二，2012年7月22日岷县、漳县地震后的灾后重建，因为临近震区，280个危房户每户得到了4万元重建资金，没有拿上的人有意见。一些人认为，地震把大家都震了，只是程度不一样，为什么不给我们重建资金？

其三，基础设施建设跟不上，村子生活环境太差。巴杰村的一条街道路基太低，一边是山根，一边是农田，一遇上大雨，雨水流不出去，街道一片汪洋，大人走在其中，水已经深及大腿之处，几岁的小孩就不用说了。

群众的以上三点意见，是否得当暂且不说，但群众因此早已经怨声载道。正当巴杰村群众无处释放怨气的时候，偏偏又遇上了一个引子，一下引燃了一次集体上访。

事情的起因是这样的。邻县岷县在紧挨巴杰村的冷地口村给群众修了一座桥，但因为工程质量问题不能使用而长时间闲置，于是激起了群众的怨气。一天，当地一伙群众把一个副镇长抓住，拉到县政府去讲理。事情闹大后，理屈的岷县政府又在那个桥的旁边修了一座桥，群众才罢休。

巴杰村的一些人一看，人家岷县的人一闹腾就有了结果，自己为啥不闹腾一下呢？说干就干，几个外出打工返乡的人聚在一起，经过一番策划，然后再一煽风点火，就把一些人给发动了起来。巴杰村一行动，其他村看着样子也动了起来。第一天，只有巴杰村的五六个人，到后来就扩大到80多人。最近的闹到了乡上，最远的竟然闹到了州上。

巴杰村的诉求归纳起来，不外乎以下几点：第一，改善基础设施；第二，把山上的60户搬下来；第三，解决贫困户与非贫困之间的"不公平"问题。其他7个村的诉求和巴杰村大致一样。

8个村群众的这一闹腾，还真起了作用，不但让政府行动了起来，还得到了一些实惠。吴玉平说，州、县和乡三级政府接到上访群众的诉求后，非常重视，严肃对待，当然没有拦截群众，更没有打压群众。当时，洮滨乡政府的措施是切实而周到的，可谓颇费思量。首先，针对贫困户资格和低保类别不公平问题，他们把评定权力交给了群众。一开始，乡政府采取公开低保指标，以社为单位，一家派一个代表进行投票选举。但是，结果出来后，发现选出来的都是有名望或者家族势力大的，真正的贫困户没有被选出来。于是，到了2013年年底，乡政府又拿出了一个新的办法，即成立评审小组，由包村干部、村委会和村里有名望的人先酝酿出一个名单，然后进行公示，最后再召集群众投票选举。从此以后，有意见的人少多了。其次，针对干部工作中存在的马虎作风，乡政府要求包村干部必须给群众把政策讲清楚，并耐心处理群众意见。同时，要求每一个干部把关心每一户群众的"两不愁三保障"落实在可见的具体行动中，促使测试住房安全、督促辍学儿童、核实大病疫情、调查经济收入、调解邻里纠纷、调整低保动态和追踪外出打工人员流动情况等工作成为一个干部一年四季循环的工作常态。其关键的一条戒律是，凡是群众反映的问题，必先问责包村干部。这样一来，干部上心了，群众安稳了。其三，对于山上的群众挪窝子的要求，按照中央的扶贫政策，当然是要认真落实的，只是"一刀切"的话，关系到一些群众的实际利益。2013年，乡干部一户一户地去征求意见，大家都想搬，但因为资金不够，没有搬下来。当时，易地搬迁每人只有8000元，平均也只有4万元。僧多粥少哇，没法调剂。第二年重新报了项目，2016年才把易地搬迁纳入"七个一批"政策之中，每人得到5.9万元之后，一户户就欢天喜地搬了下来。

其实，持续了近一个月的上访，是一次没有输赢的拔河，一边是群众，一边是政府，群众实现了一次贫困突围，得到了一些实惠，而政府无疑也赢得了威信和形象。置身其中的扶贫干部，则像一些拔河的人一样，始终是两边都在拔的。

巴杰村这天的太阳很红，我也想和山里人一起晒一会儿暖暖，所以出了小卖部之后，我走到了那一群晒暖暖的人之中。晒暖暖，除了一声不吭地朝着太阳晒，就是叽叽喳喳地"谝弹弓儿"（聊天）。我当然希望也享受一下"谝弹弓儿"。

2013年建档立卡时贫困发生率为40.1%的洮滨镇不愧是全县最穷

的4个乡镇之一。洮河沿岸12个村子，有8个村子参与了上访，并不等于其他4个村子的人日子就过得舒心。毗邻洮河而居的洮滨镇，2006年才有了第一座桥，而洮河沿岸的12个村子目前仅有4座小桥，从上到下依次是琵琶桥、青石山电站桥、总寨桥和上川桥。这些桥都很窄，只能过去一辆农用车，客货两用车根本过不去。洮滨镇的公路也不行，吴玉平开车带我们由巴杰北上去卓尼县一个农家乐吃午饭，走的就是洮河西岸一条卓尼的路。而且，洮滨镇还有"断头路"呢，由巴杰村去岷县的一条县级公路走到洮滨镇地界就是"此路不通"了。知道情况的本乡人还好，不知道情况的外乡人那就要跑冤枉路。对于洮滨镇人，这可是一条还乡的近路，大路走不通，走到那里只好抄崎岖而遥远的小路了。

吴玉平说，在地理上，洮滨镇尽管是一个历史死角，但最近几年也活泛起来了，比如6800亩川地灌溉、总投资上亿元的生态文明小康村、高原夏菜、连栋温室和冷链物流，已经给群众的生活带来深刻变化。

据临潭县扶贫办的几个人介绍，临潭县80%的人在外打工，而一个家庭80%的收入来自外出的打工收入。听到这一情况，我决定采访那些漂泊在外的巴杰村人，只有如此我才能真正了解一个完整的巴杰村。大约半个月后，我用吴玉平发来的梁六彦的手机号码，找到了在兰州安宁区领袖山一个建筑工地上一起打工的6名洮滨镇巴杰村村民，他们是梁六彦、赵贵生、仁文科、仁喜科、马玉富和秦小林。其中，45岁的梁六彦和29岁的秦小林是老丈人和女婿；26岁的仁文科和21岁的仁喜科是亲兄弟，而47岁的赵贵生是他们入赘的生身父亲；29岁的马玉富则是孤身一人，与其他5个人同镇不同村，因为家里贫困，至今未婚。

第一个见到的是梁六彦，他在马路边接我，然后带我去了他们的宿舍。梁六彦是藏族，也是单身，因为穷困没留住媳妇，20年前媳妇就离他而去，又因为一直贫穷，至今未娶。在巴杰村街道上见到他女儿梁成孝草时，女儿没有说到母亲，我也就没有追问，和梁六彦边走边聊之后，我才搞清楚了他的遭遇。走进生活区的大门时，我看见院子里停放着几辆小轿车，还以为是他们打工者的车呢，一问梁六彦，才知道那都是老板们的，打工的人哪里能买得起轿车。天气冷下来后，因为工地上活少，大家只好轮换着上班，所以除秦小林在上班而外，其余5个人都在宿舍里休息。当然，大家也是在等我这个陌生人。宿舍都是板房，没有任何取暖设备，里面很冷很冷的，梁六彦带我走进去时，4个人都在床上拥被而坐。床就是那种上下架子床，一共5个组合，依着板房四周靠墙而立，似乎住了10个人呢，挤得屋里只剩下中间一块地方空着。床上床下，角角落落，乱七八糟脏兮兮的，活像一个贫民窟。这间住人的还有点生机，旁边已经人去房空的一间，我经过时从半掩的门向里瞥了一眼，萧瑟的寒风占据了整个房间，似乎在抢夺剩下的物什和垃圾，满屋一片狼藉。梁六彦说，到了晚上更"恰冷（藏语冷）"，插上电热毯，身上压两个被子，也不觉得暖和。

对于巴杰村的几个打工者来说，这里只是异乡，而对于我，这里还是巴杰村。说实话，虽然已经离开巴杰村很多日子，但我还是没有从巴杰村的情景中回过神来。也许，和巴杰村的人在一起，就是身在巴杰村。

　　因为早就知道我的来意，几个人七嘴八舌地给我说起了困境之中的巴杰村，话题涉及土地、打工、教育、娶媳妇、扶贫和扶贫干部等各个方面。对于出外打工，大家似乎都不情愿，但不出来就没有活路，家里的几亩地养活不了一家人哪。而且，能种庄稼的土地，因为种了几年药材，土壤已经被种伤了，即使上足化肥，也种啥都不长。比如种的大豆，每年到了四五月，挣扎着开过花之后，就全成了空秆秆，不结豆子。跟上大家种药材吧，这几年药材的价格又不好，往年的药材都卖不出去，谁也不敢种。所以，只有跟着包工头往出走，哪怕苦一点，只要有活干，就会有钱赚。今年的工资行情是，男的每天220元到240元不等，女的每天180元到200元不等。为了这点钱，他们每天要工作10小时，早上7点准时上班，12点按时下班，中间一个小时的吃饭时间，然后1点钟又上班，一直到晚上6点钟才能下班。对于每一个人，都是干一天算一天，干不上或者不干就没有钱。情况好的话，一年下来还能挣两万多元，自己吃过喝过，给家里就剩个一万多元。工资都是年底才发的，平时的花费都要自己先垫着。这几年几个人都没有遭遇过老板欠薪。

　　土地贫瘠，而又绳床瓦灶的，他们不出来打工，还能干什么呢？几个人所受的文化教育令人唏嘘。其中，赵贵生和马玉富二人一天书都没有念过，梁六彦是小学一年级，仁文科是小学毕业，学历最高的是仁喜科和秦小林——初中毕业。这一情况，不仅在巴杰村，不仅在洮滨镇，在整个临潭县都很普遍。其原因，当然是贫穷，当初上不起学。在扶贫过程中，有干部说许多群众很盲目，对政策很盲目，对种地很盲目，对产业很盲目……问题就出在这里，因为他们文化水平普遍偏低呀。

巴杰村目前的头等大事就是娶媳妇，几个人都这么说。但是，因为住在穷乡僻壤，因为没有钱，年轻人根本娶不起媳妇。所以，男孩子就争相入赘当上门女婿，而只有一个女孩子的人家就不让姑娘出嫁了，等着娶不起媳妇的男孩子来倒插门接续香火。比如马上30岁的马玉富，终身大事可能就要被耽搁了。我问马玉富愁不愁，马玉富苦笑了一下，默默地低下头去。在马玉富的心里，当然还有无限的期待。互加了微信之后，马玉富的微信昵称让我心里五味杂陈——"幸福的约定"。其实，马玉富的幸福还是一个没有约定的未来，人未定，时间未定，地点未定，过程未定，一个深陷大山里的穷家乡和一个钢铁水泥的工地，已经让他和幸福几近绝缘。

仁文科是幸运的，五年前父亲就给他娶上了媳妇，使他在婚龄季节享受到了天伦之乐，如今已经生有两个孩子并分家单过。但是，结婚也让仁文科的家庭面临难题，至今他还欠着一屁股债呢。可能是经历了所有花钱的环节，仁文科对结婚所花的每一笔钱都记得很清楚。他说，自己结婚一共花费19万元，其中彩礼8.6万元，给娘家人和媳妇买衣服花了4.3万元，第三次"提酒"时又给媳妇买首饰和手机花了2万元，最后过事时又花了4.1万元。这些钱，只有一小部分是他和父亲打工挣的，大部分都是借的。其中，还有2万元的高利贷，但这笔钱三个月后就还上了，不但连本带利还了2.5万元，还给放高利贷的人送了烟酒。仁文科说，至今还欠着4万元，暂时还不上了，只能等把弟弟的婚事安顿好了再还。

赵贵生不无忧虑地说，结婚彩礼每年都在以一两万元的速度涨着，等到给小儿子娶媳妇时，加上盖几间房子，恐怕得四五十万呢！

到了午饭时间，我请几位到工地外街道上的一个小餐馆吃了一顿，而且我还从家里带了两瓶酒。因为来之前已经说清，几个人似乎都在等待我的邀请，一点也没有推辞。

饭菜上来之前，问起临潭的拔河，几个人都说只是听说过，从来没有见过更没有拔过。难怪，他们的洮滨镇太偏僻了，以往没有机会去县城拔河。最后，两瓶酒都被我们在热聊中干掉了。因为身外的寒冷也一直寒冷着我，所以两瓶酒温暖的也是我自己。

去吃饭的路上，我发现仁文科穿得很单薄，人被冻得从脖子到屁股似乎都紧缩了起来，一问才知是防寒服破了不能再穿，而他不敢再花钱买一件，能省一点就省一点，社保卡还没有办下来，要攒钱给媳妇看病呢。不知啥原因，仁文科的媳妇得的类风湿关节炎，这几年在当地很普遍，老年人容易得，年轻人也容易得。马玉富的母亲也是这种病。大家都穿着棉衣，仁文科的寒冷让我无法回避，所以遇到一个卖衣服的小店时，我花50元给他买了一件防寒服。他执意不要，我硬是给他披在了身上。穿暖和以后，仁文科一下舒展了许多。这时，我又看见旁边梁六彦穿的防寒服也又脏又破又薄，而他也眼巴巴看了我一眼，使我不由得又心生悲伤。但是，我没有当即给他买，而是在回到家的第二天给他通过微信红包发了50元，叮咛他一定去街上买一件新防寒服。怕他舍不得花钱，我又叮咛他，衣服买下后一定拍一张照片发给我看看。晚上8点多，他发来一张照片，只见他精神多了，穿着一身与仁文科的款式不一样的新防寒服，还洗了脸，刮了胡子，带着一脸的微笑，像换了一个人似的。用临潭话说，就是"歹得很"！

身在寒冬里，"解衣推食"的情怀我可能没有，但两个50元外加一顿便饭的经济能力我还是不缺的。

前些年，临潭县闹上访的不仅仅是洮滨镇这样的特穷乡镇，羊永镇的白土村也是一个曾经远近闻名的上访村。问题当然首先出在一个胡作为的村班子里。其具体情况是，有选择性地落实扶贫政策，同样的政策群众不能公平分享；村务不公开，存在严重的优亲厚友情况；村班子不团结，导致群众之间不和睦。白土村因此而引发群众不断地上访，因为群众上访而被撤掉了村支书和村主任，又因为旧班子家族势力干扰，选不出新的班子，以至于基层党建很长时间处于瘫痪状态，成了甘南州换届的难点村。直到镇政府启动了一次130多人驻村换届的阵势之后，白土村才有了一个群众满意的新班子。经过新班子三年多的努力，白土村全村脱贫，成为全县的标杆村。如今，外面来的人来镇上参观，镇政府都喜欢带到白土村去。

白土村群众上访的原因还有一个久拖不决的吃水问题。白土村因为是季节性缺水，一年大半时间纯粹没有水，家家吃水都要到几里外的山上或沟里去挑。当地群众曾经有一种说法："宁给叫花子一个馒头吃，也不给叫花子一口水喝。"十几年来，白土、太平和拉布三个贫困村和羊永镇的群众为了吃水不断越级上访。镇政府新班子上任后，在帮扶单位省政协的帮扶下，千方百计筹措了244万元，雷厉风行地解决了群众的吃水问题。

扶贫政策落实问题和群众的吃水难题解决之后，群众再也不上访了，白土村成了一个零上访村。为此，我就近走访了两户在村庄路边经营小卖部的老年人。

第一位老人叫张世瑞，他说："以前的班子，不敢接受政策，即使接下了也放不下去；现在的班子攒劲，啥事都能拿得起放得下，办的好事多。"我最后又问，请您给旧班子和新班子各打一个分，如果满分是100分的话，您分别能给打多少分？老人不假思索地说，旧班子40分，新班子90分。

第二位老人是前任村支书的侄子，是一个入赘的女婿，名叫宁朱个，今年已经73岁，在白土村生活了一辈子。老人说，新支部能把上面的政策落到实处，吃上水了，街道变了，房子新了，儿子民办教师的待遇也解决了，他可以脱贫了。最后，我又问了一个同样的问题，老人认真地想了想，没有给旧班子打分，给新班子打了八九十分。

看来，老人还是一个公道之人。

在羊沙乡西沟板桥崖村，我听到有一个叫张福财的老上访户，前几年在村子或乡上一见到领导的车就拦，一旦拦住了就拉着去他家里看。据说，张福财还到县上上访过呢。这个"难缠"的上访户引起了我的兴趣。

张福财一家住的是在当地很普遍的"实地虚檐"的老式房子，大门在"虚檐"下面，必须登上十几个台阶，才能进到半实半虚的院子里。被称作"虚檐"的一部分，一边养着牲口，一边放着柴火，叫"实地"的一部分则盖着几间住人的房子。我只见到了张福财的父亲张正华，张福财和老婆到兰州打工去了。张正华已经72岁，患有肺气肿，和我说话都很困难，上气不接下气的。老伴去地里挖药材了，就他一个人在家。张正华和老伴都享受养老保险，他每月140元，老伴每月120元。

从家里的陈设看，这是一个与贫困还沾着边儿的家庭。在正中一个最"阔气"的房间里，除了几件老旧的柜子，就只有一台又小又旧还郑重地安放在一个壁柜之中的电视机了。难怪张福财一直上访，一家人凭借这样一个家境，居然供养了两个大学生呢，多么不容易呀，我们应该向张福财致敬。但是，张福财没有被评定为贫困户，原因是他们的女儿已经上班，他们两口子还有劳动力。来之前，镇政府的一个人说，张正华幼师毕业的孙女已经在兰州上班，而张正华此时却说没有。因为镇政府干部和张福财的父亲说法不一致，所以张福财的女儿究竟上没上班，是我一直没有弄明白的事情。张福财的女儿如果已经上班，就是有工资的人，如果没有上班，就是一个还能享受到扶贫待遇的人，二者情况是不一样的。

听说张福财很久没有上访了，我想回兰州后去见见张福财。回到兰州后不久，我向临潭县扶贫办副主任李生玉要来了张福财的手机号码。联系上以后，才知道张福财和老婆在距离兰州200多公里的榆中县一个乡下打工。这样，我们只好加上微信聊天。当我问他当初为何事而上访时，张福财很警惕，矢口否认上访过。直到我说明我在干什么，他才发了一条很长的微信，但只承认上访过一次。张福财说："关于这件事，我不否认，但是我也实话实说，我拦过一次领导。我也是一名党员，而且是一名十多年党龄的老党员了。我虽然读书不多，但道理我还是懂呢，作为一名共产党员，不说自己有多高的觉悟吧，至少不会为一点鸡毛蒜皮的事就去麻烦领导。我拦领导的车，是真的没有办法了，上有两个70多岁的老人，下有两个正在上学的孩子，家里面啥条件，我们村里的人和乡上的领导都清楚，国家不是精准扶贫吗，我就想让国家扶我一把。那时候，也是自己嘴馋多喝了两杯，又和别人说起这事了，恰好那天州人大的领导去了我们村里，遇到后我就顺便问了一下：像我这样的情况能否得到政府的补助。以上所说句句属实，烦请领导详细调查。"

看来，我还是把张福财给吓着了，他一直以为我是省城的什么领导呢。所以，我只好给他宽心："说得好，你没有做错什么，我完全理解。"看到我这句话后，他给我的回复似乎才松了一口气。关于自己供养的两个大学生，张福财也说清楚了：儿子还在天水甘肃林学院上大二，女儿在家里准备参加国家公考呢。

正在发生巨变的石门乡也是一个被群众上访逼出来的村子。在石门乡，当初群众的上访原因很简单，就是为了生存下去。一到石门乡，乡党委书记杨志诚和乡长邢平平二人就带我去了石门乡最贫困的村子——黑沟村。

一路上，二位都给我讲黑沟村穷人的故事。杨志诚说："前几年，石门乡水、电、路等基础设施建设欠账较多，群众住房问题较多，尤其是山区群众的吃水难、行路难、看病难、上学难的问题比较突出，村容村貌破旧不堪，一些惠民政策落实不精准，群众意见较大。"

听说我是从新城镇来的，邢平平说，石门乡是全县最偏远的穷乡镇。从石门乡到新城镇这条路被石门乡群众称作后山坡，来来去去要翻越一座海拔3000多米的大山哩。这条路是石门乡群众出售农产品和购买生活必需品的唯一出路。以前，交通不便，道路崎岖，出山的群众要半夜起床，徒步翻山，常有交通事故发生。群众因此有一句怨言"没良心的后山坡，一夜愁得睡不着"。精准扶贫开展以来，后山坡经过几次修整，路宽了平了，路边还安装了铝合金防护栏，石门乡到新城镇也只有30分钟的路程，极大地方便了群众的生活。

黑沟村，沟很深，山很高。一年以前，黑沟村人都住在深沟四面的半山腰或山顶上。山上有地，却没有水，因此黑沟村的人吃粮在山上，吃水在山下，一口粮和一口水，让几代黑沟村人苦不堪言。从山外回来的人，如果遇上雨天，为了保护一双鞋，都要在山下把鞋换下来提在手上；老年人每次回来，根本就爬不上山坡，都要年轻人背着爬山。这样的日子，就像是山顶和山根之间一场漫长的拔河，但黑沟村的人不是拔河的人，而是那根快要被粮食与泉水拔断的绳子。

黑沟当然只留住了黑沟村的人，而留不住外面的人，年轻人找媳妇一直是一个世纪难题。今天，全村52户人，光棍就有20多个，因为留不住媳妇也娶不来媳妇，有几户还成了老少两个光棍。

三年前，马合合的儿子马忠才在外面打工时好不容易从渭源带回来一个媳妇，人非常不错，下地干活，洗衣做饭，还给婆婆洗脚，但是因为长期受不了山大沟深的辛苦，只待了4年就走了。包相忠的儿子包雷文也从外面哄回来一个对象，结果只住了一个晚上，第二天一大早人家就要走，还说："你们这是《西游记》里那些妖怪住的地方吧。"第二年，包雷文又带回来一个对象，待了一小时都不到就飞走了。儿子泪流满面地给父亲说："爸，你在山底下盖三间板房也可以，要么我真的就要打光棍了！"被儿子这么一说，父亲坐不住了，牙一咬，动用了所有积蓄，又借了一些钱，2018年在山下的公路旁边买了四分地，盖起了三间砖木结构的房子，希望儿子再领回来一个对象。后来，镇上进行贫困户建档立卡时，包相忠一家也享受到6万元整村新建补助款。

黑沟村整村新建项目是今年完成的，一些人正在搬迁，一些人已经迁入新居。不过，新村的名字不叫黑沟村了，而是改成了占旗新村，黑沟村的人嫌黑沟二字穷气太重，脱贫得先摆脱晦气呀。

我必须去黑沟村看看。从山底到黑沟村的路途并不远，也就十二三里的样子，但因为道路崎岖而陡峭，加之雪后路滑，车子挣扎了近半个小时才到达半山腰马忠才的家。听说山上还有几户人，车子根本开不上去，路程又很远，我们只好放弃。马合合不在，只有马忠才孤身一人。因为之前的婚姻打击，马忠才患有抑郁症，人显得萎靡不振，不过人很热情，始终面带微笑。他的新房子已经盖成了，因为还养着一头猪而没有动身搬。家徒四壁的马忠才，最值钱的就是一头猪。这个老房子，也是一个"实地虚檐"的建筑，依着山体凿壁而建，上下空间非常狭小，就像一个悬空的鸟窝，那些野猪啦什么的恐怕是难以攻入。这还罢了，屋里屋外一片狼藉，环堵萧然，根本不像过日子的样子。在抓阄分新宅基地时，马忠才手气不错，居然抓去了一个最好的位置。回到山下占旗新村，我特意找到"占旗新村第一户"马忠才的新宅看了一下，虽然大门紧闭看不到里面，但大门楼建得很是威武，气宇轩昂的，特给人长精神。我默默祝愿马忠才从一个抓阄的好手气开始，今后能一直有好运气，尽快找到一个媳妇。

几个村子整村从山上搬到山下之后，石门乡再也没有人上访了。乔迁之喜，是几代人才能遇上的事情，大家乐不可支，许多人住进新房后，激动得几夜睡不着呢。

乔迁之前，去年春节一些人家的旧房子大门上出现了这样一些对联，"党似阳光温暖五保小院，国如母亲养育孤寡老人""政策好扶贫济困惠民心，气象新修缮危房谢党恩"。这是草山村两家的对联，户主分别是张寿梅和张明忠。

石门乡的这两副对联，是群众对去年以来乡政府所做工作的全面总结和最好的褒扬。

回首走过的几个乡镇，不难看出临潭人贫困的根源和贫困的现状。因此，我们不得不承认，一些临潭人被深沟大山困住了，等不是办法，靠不是办法，要更不是办法。

那么办法究竟是什么呢？

第三章

合作社又来了

　　合作发展生产曾经是农民的一条道路。

　　这里首先需要说明的是，今天甘南藏族自治州的首府合作之名，是藏语「黑措」一词的音译，而非汉语「合作」一词的本意，与接下来所说的合作社之「合作」毫无关系。不过，诞生于合作化时期的合作市，其地名显然有着时代的寓意和印记。

合作发展生产曾经是农民的一条道路。

这里首先需要说明的是，今天甘南藏族自治州的首府合作之名，是藏语"黑措"一词的音译，而非汉语"合作"一词的本意，与接下来所说的合作社之"合作"毫无关系。不过，诞生于合作化时期的合作市，其地名显然有着时代的寓意和印记。

俗话说，人这一辈子，不走的路都要走三遍呢。今天的农民似乎又走在一条老路上，比如农村合作之路，似乎又把一盘散沙的农民兄弟组织了起来。因为在扶贫中发挥了重要作用，在16个乡镇的采访中，每到一处我首先了解的都是农民合作社。

今天的合作社是新模式，与20世纪50年代的农村合作社有着本质的区别。过去的合作社搞的是计划经济体制下的集体经济，而今天的合作社搞的是市场经济体制下的个体经济；过去的合作社因为民困国贫，作为无产阶级的农民尚一贫如洗，而今天的合作社成员，已经是经过包产到户或多或少有了一定家庭经济基础的新农民。作为一个20世纪60年代初出生在农村的人，我见证了这一历史性的体制变迁。50年代的农村合作社一直延续到80年代初，其时我虽然还在上中学，但在假期还参加过几年的"人民公社"集体劳动呢。改革开放之后，旧的合作社解体，和大家一样，我家也分到了一些田地，过起了自给自足的小日子。后来，我尽管参加工作而离开了农村，但因为父母还在，我仍然参加了几年的家庭生产劳动。

中国农民的日子一直是风里来雨里去。实行市场经济体制以后，产业的规模化让小农经济在市场的竞争中失去了优势。而且，市场经济的风浪甚至危及农民的生存，外出打工的年轻劳动力越来越多，这样许多家庭的有生力量被彻底掏空，支撑一个家庭的大都是空巢老人和留守儿童。在一些贫困地区，极少数农民先富起来了，但绝大部分农民没有富起来，不但没有富起来，一些勉强富起来的农民，又因为势单力薄，无力参与竞争，经不起消耗而濒临返贫。如此，大家只能重新拉起手来，抱团取暖，一起在市场经济的风雨中脱贫致富奔小康。其实，朴素地说，农民组织合作社，就是把几股力量拧成一股绳。就像俗语说的"一个篱笆三个桩，一个好汉三个帮"这个道理。

精准扶贫以来，临潭县一度有1000多个合作社，经过近10年的拼搏，一些经营不善的合作社被市场无情地淘汰了，目前只剩下800多个，而真正形成规模在发挥作用的只有100多个。但是，就是这100多个合作社，以各自规模化的特色产业在临潭脱贫攻坚的大决战中发挥"领头羊"作用，带动着近万个贫困户呢。

人是群居的高级动物，分散生存还是有问题的。包产到户以后，农民的确获得了一些自主权，却出现了一些更深层面的问题，比如自私自利，目光短浅，精神格局越来越小，等等。

在从县城到新城镇和三岔乡的路上，连续遇到的两件事，令我感慨不已。

快到新城镇时，我的心情是很激动的，因为我就要看见闻名遐迩保存完整的历史名城"洮州卫城"了。但是，当我们到了山边停车准备眺望古城的全貌时，却被眼前一幕巨大的"烟雾效果"给迷惑了。一开始，我以为弥漫于山间的是晨雾，但仔细一看，所见根本不是晨雾，而是从对面山坡上飘下来的烟雾，虽然距离太远，看不清人影，只能看见一团忽闪忽闪的火苗，但因为所有的烟雾看上去都来自那里，所以能确定是有人在庄稼地里焚烧柴火。其时，也许是正好没有一丝儿风的缘故，纵火者所释放的烟雾才没有飘散开去，在川道里自由自在地散步，从而给"洮州卫城"制造了一场实景"烟雾效果"。这一特效的制造者肯定是在自己的领地里燃火取暖，但他根本没有意识到，他放牧的烟雾成了一群脱缰的野马。不用说，这天早晨的新城镇，无疑属于重度污染。

从新城镇去三岔乡的前一天夜里，下了一场很大的雪，早上见雪已经开始融化，而且路面也干了，司机说行车绝对安全，我们才按照原计划出发。但是，经过三岔乡一个村庄时，却见路边的一户人家一男一女两个人正在把屋顶上的雪往院子外面的公路上扔，使一段已经露出柏油路面的公路重新被一堆一堆的积雪盖住。见状，我们的车子只好慢下来，小心翼翼地开了过去。一连几天，我都在想这一户自私的人家：在冬天，各扫门前雪，一点也没有错，但是谁也不能把自家门前的雪堆到别人家的门口去吧，况且是堆在公路上，已经危及别人的行车安全。幸亏当时太阳出来了，被扔在路上的雪没有被冻住，我们的车子才没有打滑。而且，不仅是一个安全问题，柏油路面被雨雪长久浸泡皲裂老化得更快。大山里修一条路多难哪，养护公路，保持公路畅通，应该是人人分内的事。

　　从这两件关乎环境和安全的小事上，我们不难看出，家园意识已经是被撕扯得遍地飘零的乡愁碎片。一直以来，人们都在感叹，人心与人心远了，人见人不亲了，却从来没有人想过一个为什么。所以，"中国拔河之乡"临潭人兴师动众地吆喝着拔河，还是很有道理的。

　　拔河是一种凝聚精神的群众文化活动，而合作社是一种凝聚集体力量的经济行动。在冶力关，单打独斗的王付仓经过数次挫折和一次磨难之后，缔造了一个农民兄弟的合作组织——临潭县福仓养殖农民专业合作社。

　　冶力关是临潭县旅游产业的龙头乡镇。临潭无疑是遵循了甘南州的旅游发展理念——"美丽战胜贫困"。美丽肯定是可以当饭吃的，而临潭也有资格吃自己的"美丽饭"。全县境内的美丽暂且不论，单单盘点冶力关的景致就有不少吸引人的所在。其中，最有名的当然是由山体自然形成的大睡佛。但是，大佛高高在上，不知沉睡了多少年，人间疾苦不闻不问。不过，冶力关人还是从沉睡的大佛身上获得了许多暗示：只有把穷山恶水变成青山绿水，靠山吃山靠水吃水才能靠得住。近几年，为了吸引游客，冶力关不但在基础设施建设方面下了很大功夫，还借助脱贫政策整村易地搬迁的东风把村庄都建成了白墙灰瓦的徽派建筑，使村容村貌发生了翻天覆地的变化。一个旅游目的地，地方吸引人了，就有了人气，当然就会连带催生一些相应的产业。

　　王付仓的合作社就是被冶力关的美丽催生的一个经济实体。因为依山傍水，王付仓培育云杉60亩；因为山脚下有闲地，王付仓养鸡4000多只；因为游客走时都喜欢带点土特产，王付仓养了3000多箱土蜂；因为游客来了要玩，王付仓就在家门口开发了滑草和漂流项目。为了形成规模化生产经营，自己的人力财力顾不过来跟不上来，王付仓就成立了一个合作社，吸收了王华凤、王全德、王富贵和王福荣4户农民入股，并带动44个贫困户共同脱贫致富。作为法定代表人，和其他合作社一样，王付仓也以自己的名字给合作社命名，不过他将"付仓"改成了"福仓"。一字之改，意思当然是付出了就享福呗，王付仓说。

的确，王付仓付出了太多太多。原来的王付仓也是一个穷人，但原来的王付仓和今天的王付仓都是一个能人。

残疾人王付仓原来也不是一个残疾人。在冶力关镇党委副书记赵金平的带领下，我走访了海家磨村残疾人王付仓。走进海家磨村，王付仓家的房子看上去并不是最好的，与那些徽风皖韵的扶贫房子相比，已经有点相形见绌了。但是，村干部说，这个院子在10年前惊艳了一个村子——那时候这个院子里的房子是周围最好的，一半砖木结构，一半玻璃构造，光鲜明亮，宽敞舒服，令人羡慕不已。

不仅是10年前，应该是20多年前，从零开始的王付仓不但经历了今天所有贫困户都经历了的贫困，而且经受了今天所有贫困户没有经受的苦难。30多年了，一个人所走过的路，让一度死里逃生的王付仓不堪回首。

父亲去世后，一家6口人的生活陷入困境。小学五年级一毕业，王付仓就和母亲在冶力关镇开了一个小饭馆，后来还娶了媳妇，三个人一起经营。小饭馆很小，只有100平方米，前面摆了几张桌子，后面是厨房，母亲和媳妇轮换着当厨师，而他既当采购员又当服务员，每月辛苦下来只有4000元左右的收入，日子仍然是捉襟见肘。小饭馆微薄的收入，把王付仓逼成了一个不安分的人，小饭馆成了他的窗口，他悄悄地从来来去去吃饭的人瞭望着外面的世界。慢慢地，一个经常来吃饭的远房叔叔引起了王付仓的注意和兴趣。这个叔叔是在青海贩卖羊肚菌的，王付仓从他的言谈中知道了一个天大的秘密：叔叔从青海收购当时每市斤只有3元钱的羊肚菌，拉到冶力关后每市斤可以卖600元至700元，真可以说是暴利呀。这个赚钱的生意一下子诱惑了王付仓，他恳求叔叔带着他一起去青海，但叔叔不肯，嫌他年龄太小；他又软缠硬磨希望叔叔告诉他收购羊肚菌的具体地方，但叔叔还是支支吾吾不告诉他。王付仓马上明白过来，小气而冷酷的叔叔是害怕自己抢了他的生意。守口如瓶的"羊肚菌叔叔"让王付仓感到心冷，由此王付仓也知道了世态人情的冷暖。经叔叔这么一刺激，争强好胜的王付仓更是执着。4年之后，王付仓终于在别处打听到了青海收购羊肚菌的具体地方。这时，羊肚菌在青海的收购价格虽然每市斤已经达到70元，但在冶力关每市斤仍然可以卖到600元到750元，而且价格十分稳定，利润很大。因为一心想一口吃成一个胖子，第一次做生意的王付仓，费尽周折在银行贷了100万元，然后又找到两个合伙人，风风火火直奔青海收购羊肚菌。但是，因为他们不懂羊肚菌的生长规律，去时候正逢雨季，根本找不到干货，他们收购的都是刚采摘下来的。没有办法，他们就在所住宾馆把收购来的羊肚菌往干晾。那些天，连他们的心情都是阴雨连绵，白天宾馆房间的床上，以及整天房间内外的墙上和地上，都是他们铺开或穿起来的羊肚菌。他们天天盼的就是太阳出来，但太阳好像是专门和他们作对似的，千呼万唤就是不出来，任凭老天爷一连下了一个多月的雨。这样，他们的羊肚菌不但没有晾干，还一个个生起了虫子。看着身边的羊肚菌，三个人几近绝望，欲哭无泪，有骂老天爷的，有骂羊肚菌的，当然也有骂自己的。这笔生意当然砸了，三个人每人赔进去近50万元，亏得一塌糊涂。因为经历了一次倒霉的合伙买卖，三个合伙人从此以后再也没有合伙做过生意。

王付仓是一个不服输的人，贩卖羊肚菌财路不通，那就另谋生路。一夜暴富不可能，那就慢慢来吧。不久，他做起了包工头，带着50个人到兰州建筑工地打工，但是因为工地欠薪，最后他又亏进去30万元；他又买了两辆翻斗车，出租给人在工地上赚钱，结果又亏了；不久，他在羊沙林场接了一个造林的活儿，又去荒山野岭上栽树，结果还是一样，又赔了一些钱进去。

2008年4月18日，老天爷似乎再也不让39岁的王付仓穷折腾了，突然送给他一次几乎致命的车祸。那天晚上，为了揽生意，他请人吃饭。酒足饭饱后，他开车送完客人，然后又独自开车回家，结果在一个叫老虎口的地方从18米高的悬崖上开了下去，连车带人跌进"虎口"之中。前面坐酒驾车回家的人命大，独自开酒驾车的人命更大，因为18米悬崖的根部是一段通往河床的斜坡，他的车垂直坠下悬崖后实现了一次"软着陆"，最后缓冲到一个石头滩里，他的那辆"醉车"不但没有粉身碎骨，还保住了他的一条性命。这一情况，当然是事后才知道的，当时他什么都不知道了。那天，已经躺在黄泉边的王付仓半夜里清醒过来，他拼命地挣扎着，喊着，爬着，爬着，喊着，一直挣扎到第二天早上天亮，才从已经变形的车里爬了出来。庆幸的是，因为悬崖上的公路路面很窄，行驶的车辆能看见悬崖下面，一辆正好路过的公交车突然发现了他，众人才将他救了上去。联系上家里人后，他先是被送到康乐县医院，因为伤情严重，当天他又被送到了兰州。

虽然大难不死，但王付仓成了一个下肢瘫痪的残疾人，他的家庭也因此成了贫困户。在病床上躺着的日子里，王付仓也想到了死，但他不甘心就此一走了之，老母亲还在，他不想让白发人送黑发人。此外，他还想到欠着别人的十几万元呢，而自己的"一担挑"又为自己看病花了不少钱，这些债务和情义必须由自己去还清，绝对不能留给害病的媳妇和年幼的女儿。于是，他很快在精神上站了起来。从医院回到家里后，他在房子里的一根立柱上横着绑了两根钢管，天天扶着柱子爬起来，抓着钢管做臂力运动，同时摆动下身，希望有一天能站起来。经过一年半的锻炼，两个大腿渐渐有了感觉，而两个小腿以下却完全萎缩了，感觉上去已经不是他的肉体，需要同时依靠两根拐杖才能挪动。不仅是锻炼身体，在家养病的日子里，王付仓每天坚持看中央电视台财经频道，思谋着站起来以后的事业。穷日子穷过，因为到了山穷水尽的地步，为了节省一点电费，他每天只允许自己看一个小时电视。

能拄着拐杖走动之后，王付仓听见村子里发展旅游，有一个股份制漂流项目就在家门口，他就去找人借钱打算入股。他当然没有借来一分钱，因为没有人愿意把钱借给一个身上背着十几万元债务的残疾人。这时，"一担挑"又伸出了援手，以自己的名义给他在信用社贷了20万元。拿到钱以后，王付仓把16万元交了漂流项目股金，剩下的4万元种了4亩云杉苗木。他行动不便，就雇了一个老汉给自己跑腿。苦尽甘来，也许是命运的一次补偿，王付仓这次干干脆脆地赚了一把，不但漂流项目当年挣了一些钱，4亩云杉18万株苗木在三年之后也给他收获了30多万元。感觉到时来运转，王付仓一鼓作气，在还清了所有欠债之后，留下一些钱给媳妇看病，其余的钱就在临洮县一个商场给女儿搞了一个儿童电动玩具城，并果断地买下了养鸡场旁边一个滑草游乐项目。

王付仓没有学会"羊肚菌叔叔"的生意经，却学到了"羊肚菌叔叔"所没有的仁厚品行。合作社成立以后，因为受到了政府扶贫资金和县残联项目的扶持，王付仓对贫困户一往情深，每年免费对蜜蜂养殖贫困户进行技术培训，并天天免费供应午餐。而且，因为是残疾人，吃过大苦，他在销售自己的产品"冶蜜源"蜂蜜时，对老弱病残都是以每市斤50元出售，只收一个成本价。在王付仓心里，甜蜜的日子必须和大家分享。

一座摇摇晃晃的软桥见证了王付仓与命运抗争的一些细节。在王付仓家门口不远处，有一条叫冶木河的小河。这条小河，虽然只有20多米宽，也不深，水里的石头都能看见，水流却很湍急，看上去匆匆忙忙、左冲右突的，像是在急着赶路一样。因为王付仓的养鸡场、滑草游乐场和云杉苗圃等基地都在小河的对面，所以王付仓每天都要几次经过这条河。一开始，王付仓在小河上建了一座水泥桥，但很快就被河水给冲走了，无奈他又建了一座以木棍铺就的绳索软桥。那天，我们去找王付仓时，走到那座软桥的中央，最前面的赵金平故意使劲踩了几下，软桥就摇摇晃晃地摆动了起来，把我摇得前仰后倒。

　　这样的一座桥，挂着一双拐杖的王付仓究竟是怎么走过的呢？从王付仓的基地返回他的家里时，我提心吊胆地走过软桥后特意等着看最后面的王付仓怎么过桥。他当然没有让人扶，不要说别人，连跟在身边的女儿他也没让扶。只见他将两只拐杖牢牢地握在一个手里并夹在腋下，然后腾出来一只手紧紧抓住一边的绳索，凭借那一只手和那双踩实的拐杖，一步一步地用力挪动着，而此时那两条已经萎缩的小腿和双脚已经悬空轻飘了起来，最多只能在桥面上轻轻地点那么一下。没有想到，20多米长的软桥，他只用了五六分钟就过来了。整个过程，让看的人心惊胆战的，都为他捏了一把冷汗。见他顺利过来，我不无担心地问他，如果那双拐杖踩不实不慎从桥面上的木棍缝隙里戳下去，你不是就会被摔到河里去吗？听我这样一问，王付仓举起他的一双拐杖开心地笑着说："这种情况遇到过几次，但我都倒在了桥面上，幸亏这双拐杖是钢管的！"我看了看他的钢管拐杖，其中一根有一处已经折损过。不得不说，王付仓的骨头比钢铁还硬。而且，钢管虽然是空心的，人的精神却很结实。幸亏他几次都倒在了桥面上，那如果没有倒在桥面上呢？那座软桥可是很窄的。

　　人生真险要哇，王付仓正在经过的这一座软桥和正在经过软桥的王付仓，可能是王付仓人生的一个缩影，坎坷曲折，惊险刺激，浓缩了他这半辈子的凄风苦雨。人世上，一些人过的桥真的比一些人走的路还多，比如王付仓，在过这座软桥之前，他不知经过了多少座独木桥、多少座风雨桥，甚至差点过了一座奈河桥。所谓过桥，就是实现此岸与彼岸之间一次像桥一样的握手，其与拔河的目的和意义是完全一样的，彼此需要逾越的都是一条河流。而在王付仓经过的所有的桥之中，让他走向成功的当然是精准扶贫路上的一座连心桥。

王付仓没有倒下，王付仓的女儿王玉环当然也倒不下去。现如今，独生女王玉环成了王付仓的得力帮手。看得出来，这个只有25岁的姑娘非常能干，里里外外都是一把好手。那天上午经过软桥到了她家，她母亲在卫生院打点滴，只有她进进出出在招呼我们。我刚在客房沙发上坐下采访她爸的时候，她就端进来一盘花卷，本以为这是当地一种惯常的待客礼节，没有想到她出去了一会儿后，又端着一碟西红柿炒鸡蛋进来，很快又端着一碟辣子炒肉进来，随后是盐醋辣子和两碟咸菜，最后又端进来几碗酸菜面，把茶几摆得满满的。手脚之麻利，让在座的人佩服不已。虽然没有见到她在厨房里忙活的情景，但一个人在短时间之内择菜、洗菜、切菜、打鸡蛋、割肉片、点火热油、挥铲炒菜、烧水煮面条和盛菜捞面一连串的后台动作让人一目了然。其时，虽然还不到吃午饭时间，但父女二人如此盛情，我们几个人只好趁热吃了起来，提前解决了午饭。

王玉环是一个在贫困中长大的姑娘。小学刚毕业，父亲就出了车祸躺在床上，一个家庭失去了支撑，母亲让她去学理发，希望今后靠她养活全家。但是，父亲能动弹之后，坚决把她从理发馆叫了回来，借了5000元给她交了学费让她去上甘南医专。知道家里穷，王玉环非常争气，除了每年的学费，上学期间没有要过家里一分钱，生活费都是自己到处打工挣的。家里的产业发展起来之后，她就放弃了独自经营的临洮电玩城，回家给父亲帮忙。

王玉环当然是父亲合作社未来的接班人。对农民合作社这种模式，王玉环很有见地。当我故意问她是单干好还是合作起来干好时，她肯定地说，当然是合作社好，单干规模小，一些农户也没有能力，许多人没有见过世面哪，而合作社能把力量和智慧集中起来，形成一个优势。

王玉环还没有找到对象，父母希望给她招一个上门女婿。王付仓已经不能再开车，家里的三辆汽车只等女儿和未来的女婿换着开呢。王付仓期盼的是，如果女儿成家了，一个能干的乖女儿，一个孝顺的乖女婿，就是他的一双新拐杖。

合作社不是独木桥。在采访中我发现，凡是牵头办合作社的人，都是非常勤苦而且会过日子的能人，都希望走在人前头，他们的一个共同特点就是：先苦后甜，合伙合群，并能不忘本心真心实意地带领穷苦人与贫困"拔河"。

合作社来之不易，合作社带头人的资本也来之不易。可以说，每一个合作社带头人的背后都有一串令人心酸而又让人振奋的故事。

许多临潭人最初选择的出路都是出门打工，大家有一个共同的特点：少小离家，或漂泊在外，功成名就，或贫穷潦倒，落魄而归，因不同的家庭背景和不同的道路选择，都有着不同的人生命运。据统计，2003年非典期间，遍布全国各地的临潭外出打工人口达5万多人。

在新城镇，一个名叫张六十四的人出门打工流浪了28年之后在2019年归来了。张六十四首先吸引我的是他的名字。张六十四出生那天，64岁的爷爷正好去世，为了纪念爷爷，父亲给他起名张六十四。2岁那年，母亲去世，他失去了半个家；3岁那年，父亲续弦，他成了后母的眼中钉，经常不给他饭吃；12岁那年，他离家出走，在青海一边流浪，一边打工；15岁那年，他开始给家里寄钱；16岁那年，父亲与后母分手，父亲再也没有续娶。当初，12岁的张六十四是不想出门流浪的，但他如果不走的话，父亲和后母就会因为他而经常打架，家里鸡犬不宁啊。张六十四是一个恋家的人，所以父亲在世的时候他一直给家里寄钱，而到了不惑之年他又原路返回来。但是，张六十四回来的时候，不像一些人那样已经腰缠万贯，而是身无分文孤苦一人。

结束漂泊回归故乡是所有出门在外打工的临潭人的梦想，而精准扶贫给许多这样的临潭人提供了一个梦想成真的机会。虽然落魄，但回家之前张六十四做了充分的两手准备：第一手，在青海玉树，他以一身苦力换取了一套栽培蘑菇的技术；第二手，也是在青海，他把一个丧夫多年的同村女人李兰芳带回了家。有了这两个成家立业之本，回乡的张六十四信心十足。这样的一个穷人，当然需要扶持一把，而且必须去扶，否则他根本站不起来。当然，张六十四也是积极寻求帮扶。一回到村里，张六十四就找到扶贫工作队队长，熟悉掌握扶贫政策，争取到了扶贫项目，在银行贷了一些钱，拉了5个贫困户入伙，成立了一个蘑菇栽培合作社。其间，村上和乡上看他态度积极，而且手中又有技术，不但自己能脱贫，还能带动几户贫困家庭，就先后分别从省交通厅和临潭县给他争取来扶贫基金8.5万元和产业发展资金5万元，助力他建起一个蘑菇大棚。去年，张六十四的蘑菇栽培已经见效，他计划一年之后还清所有欠账。除经营自己的合作社而外，他还无偿在村里推广蘑菇栽培技术，希望大家都有一门手艺。我问张六十四，你难道不害怕其他人抢了你的市场？他说，我不怕。看来，张六十四不是一个"羊肚菌叔叔"。

接下来，张六十四最紧迫的事情就是和李兰芳结婚。但是，因为李兰芳是独生女，李兰芳要求张六十四必须在两家立户。也就是说，张六十四在张家立户的同时，还必须入赘李家做上门女婿。对于张六十四，这可能是求之不得呢，只是时间问题，因为合作社太忙还顾不过来。在他们的蘑菇大棚里，我问忙里忙外的李兰芳，二人啥时候办事，她只说了一句："我没有啥说的！"

一个村干部说，李兰芳也是一个会过日子的人，丈夫去世后，她一个人供两个女儿上了中学。李兰芳的确是一个好管家，我们在沙发上坐下与张六十四交谈时，张六十四招呼我们和他自己也抽的一盒"黑兰州"，是李兰芳急忙之中从口袋里掏出一把钥匙才从柜子里拿出来的。看见这个细节之后，我先是心里笑了一下，然后就释然了，而且觉得很自然：穷家就要这种人当"掌柜的"，好日子就是这么抠出来的。不难看出，二人的家庭分工，真像俗话说的"男人是耙耙，女人是匣匣"。

走时，我们鼓励二人说，赶紧成家吧，我们都等着喝你们的喜酒呢！二人虽然不回答，但一脸绽放的笑容却是没有收住。

在一些地方，扶贫还是一厢情愿呢。农富源小杂粮专业合作社法定代表人张建平有点气愤地说："扶贫政策太好了，但政策把人养懒了。"

一见面，张建平招呼人的"软中华"让我吃惊不小。在一路上的合作社里，这还是第一次有人用这么高档的香烟招呼我们，于是我自己兜里的香烟再不敢往出掏了。从烟盒的实虚状态来看，那包"软中华"不是特意等着我们来才抽的，而是主人自己在享受。烟民都知道，平时自己掏腰包抽得起软中华的人，尤其是一个农民合作社的人，必然有一定的经济实力。所以，作为一个烟民，我对这个带头人刮目相看。

只有39岁的张建平是一个见过世面的人，他初中毕业后就跟着父亲做粮油生意，在当地把粮油产品收购起来之后，拉到广州去卖。跑了五年市场之后，张建平先是回到家乡城关村创业，然后在粮油种植比较集中的新城镇办起了今天的这个合作社，专门加工和经销大豆和燕麦。能抽得起软中华，效益当然不错啦。但是，让张建平苦恼甚至气愤的是，他收购的大豆和燕麦价格在方圆100公里之内是最高的，但当地的人就是不卖给他，而是卖给了岷县人，原因是他无人力去上门收购，而岷县人能派人上门收购。张建平给我算了一个细账，他的收购价格比岷县人的收购价格每斤明明高出了一毛钱，如果送上门卖给他，一毛钱的差价肯定大于劳动价值，但是当地人就是看不上这一毛钱，因为不愿意多跑几步路。

张建平主打市场的是大豆，经他们粗加工的大豆，直供"三只松鼠"呢，年销售额2000多万元，而辅助产品燕麦也有600多万元的销售额。在加工厂上班的6个人，都是当地的贫困户，每人每天380元，月工资超过1万元了。而在他的农富源合作社，还有210个贫困户入股参与分红呢。

张建平感叹道，其实当地的人都已经脱贫了，一些懒汉就是赖着不想"脱贫"。作为一个成功的商人，张建平的这句话显然不是一个商人说的，而是一个合作社的带头人说的。张建平兄妹4个都是经商的，而他是老大，其中既有父亲的经验引领，当然也有他这个老大的精神示范。老大难当，在家里如此，在合作社也是如此。作为农富源合作社里的带头人，他似乎有一肚子苦水。

临潭各乡镇合作社的情况当然是不一样的。成立合作社，对于一些底子薄规模小的可能还有利可图，而对于一些实力雄厚成规模的可能就无利可图了。王旗镇大沟门爱民种植养殖合作社是一个新兴的经济实体。法定代表人金润娃对我说："在合作社干与自己单干相比，当然是合作社的利益大，而且合作社还能带动贫困户。"

洮商曾经是临潭人的骄傲，如今也是合作社的中坚力量。

位于卓洛乡下园子村的农盛养殖农民专业合作社，是临潭县最大的民营企业铭鑫商贸公司旗下的分支机构。2011年6月，在县农牧局的监督下，公司投资4000万元，利用国家的扶贫资金1721万元，吸收附近乡镇680个贫困户外加两个村集体经济实体入股，养殖5000只湖羊，带动更多的群众走上脱贫之路。在这个合作社，凡是入股的贫困户，都连续三年拿到了20%的红利，最多的2万元，最少的也有1万元。贫困户的股份都是自由进出，如果哪个贫困户不再参股，三年后合作社就退还本金。在合作社担任党支部书记和业务指导员的县农牧局干部鲜荣说，这笔生意对于铭鑫公司目前是亏本买卖，公司是必须赚钱的，但为了脱贫攻坚，亏本也得做。

"放羊娃"几乎是所有山里农民的身世，人们提起农民就会想到"放羊娃"。铭鑫公司老板苟海龙从小就是一个放羊娃。上学前，为了生计，苟海龙就开始给人放羊。直到12岁，家里还很穷，全家的日子全靠母亲养的一窝鸡维持。12岁那一年的六一节，家里没有钱给苟海龙买节日穿的白衬衫，他就去挖黄芪卖钱给自己买来了一件节日衣服。这是苟海龙的最后一个儿童节，过完节日之后，他就结束了上学的童年，独自去县城的一个小饭馆打工，赚每月25元的生活费。两年以后，不安于现状的苟海龙就开始折腾了。他像许多成功的洮商一样，经过了穷折腾、瞎折腾甚至白折腾的创业必由之路。敢折腾才是有本事的人，一些人想折腾还折腾不起呢。

力能胜贫是一个真理。苟海龙是在无数条颠簸的公路上甩掉一顶穷帽子的。人们可能不相信，一个14岁的少年就开三马子了。那一年，苟海龙向村支书借了7000元，买了一辆三马子，到岷县收破烂废旧挣差价，七个月就把买三马子的7000元赚回来了。向村支书借这7000元时，一开始是苟海龙偷偷去找村支书的，父亲知道以后坚决不让村支书借给他，害怕苟海龙将来还不上，而家里到时也无力偿还。没有办法，苟海龙就软缠硬磨搬动了母亲，给父亲做了工作又去做村支书的工作，最后由母亲出面担保才拿到了7000元钱。不久，不安分的苟海龙就把三马子卖掉，又买了一辆华西小客车，在县城和卓洛乡之间跑客运，上去时1元，下来时5毛，每天净挣100元。两年下来，把账还完之后，他又换了一辆七座的长安"黄袋子"面包车，在川藏线上跑客运，每人250元，三天一趟净挣1000元。苟海龙发现，这条颠簸曲折的天路就是自己的财路，那些小商人就是自己的引路人。因为他的车上都是贩卖羊肚菌、冬虫夏草等土特产的小商人，一路上他自然也学会了新的生财之道。于是，他也做起了小商人，开始贩卖以冬虫夏草为主的土特产，由小到大，渐成气候。后来，他又搞养殖，开宾馆，经历了"三起三落"，折腾成了一个被叫作"公司"的经济实体，逐渐形成规模化发展。从此以后，苟海龙就在临潭县成了一个有钱人。显然，最初凭借勤劳甩掉自己头上穷帽子的苟海龙，不是从茶马古道上崛起的老洮商，而是在市场经济中突围的新一代洮商。

在一条摸爬滚打的致富之路上，苟海龙在母亲养鸡的地方也养过一次牛，但最后全亏了。在哪里跌倒就在哪里爬起来，他今天养羊的地方，就是当初母亲养鸡和自己养牛的地方。苟海龙说："养羊亏着，没有利润，只是一种扶贫情结。"

用临潭县民间商会会长张忠良的话说，苟海龙是一个"麻叶子（指人胆大、性格坚强）"人。二人不但是发小，还有一点亲戚关系。大苟海龙几岁的张忠良，对苟海龙还有过一次重要的点拨呢。虫草市场刚发热的时候，苟海龙曾经跑到张忠良在青海的公司打问生意之道，张忠良鼓励他，我们临潭人要有"扛起碌碡打月亮的本事"。所谓碌碡，就是农村庄稼下来后碾场用的石头磙子，两个小伙子都很难抬起来，更不要说一个人扛着去打月亮了。张忠良当然说的是一种勇气和一种力量。苟海龙似乎听进去了张忠良的话，回到临潭甩开膀子大干起来，从进军虫草市场到房地产开发，摊子铺得很大，把一个雪球滚到了极致，经营规模很快超过了指路人张忠良。从此以后，临潭人都知道了张忠良与苟海龙之间"扛起碌碡打月亮"是怎么一回事。

临潭能人张忠良是中国虫草市场上叱咤风云的人物，被业内称为"虫草大王"。

2006年，虫草价格暴涨。占据世界虫草市场95%份额的中国虫草市场成为世界虫草市场的风暴眼，而临潭人的虫草生意又占到全国虫草市场的一半。临潭人之所以引领了虫草市场的风云，是因为临潭人独占了西藏虫草产区的供给源头。因为历史的原因，临潭人遍及西藏，凡是有临潭人的地方都有虫草，凡是有虫草的地方就有临潭人。而且，许多临潭人都会说藏语，很容易与藏民融合在一起。那些年，一些西藏当地人，除了低价出售虫草而外，还用虫草交换生活日用品。这样，独揽青藏高原虫草产区而又直供终端北京同仁堂的张忠良，一度垄断了国内一大半的虫草经营。

冬虫夏草是一个时代的草根尤物，因为采挖者、采购者和食用者三者形成的一个畸形的消费怪圈而被豢养成一种"黄金草根"。一直以来，在虫草业界，"吃草的人不掏钱，掏钱的人不吃草"说的就是虫草消费的本质。在这个产业链中，"掏钱的人"供着"吃草的人"，"不吃草的人"养着采挖虫草的人。张忠良实话实说，虫草的作用并不像人们传说的那样神奇，甚至它的作用至今都没有一个科学的说法，就是因为遇上了一个奢靡的时代而被盲目领入消费歧途。中央的八项规定出台之后，虫草身价逐渐跌落，生意越来越不好做了。10年前，每公斤虫草能卖15万元，而到了2019年每公斤只能卖10万元，价格降了三分之一。2019年，他只卖出去一吨虫草，而在以前每年要卖四五吨呢。

虫草由卑微发展到疯狂我是深有感受的。20年前，在虫草的草根时期，有一年去南方开会，我还在席间吃到一盘爬满虫草的佳肴，因为是第一次享用，所以至今记忆犹新。但是，到了虫草的黄金时期，在兰州吃过一次碗里只有一根虫草的天价牛肉面之后，我就再也不屑也无缘问津虫草了。现在来看，南方的那一盘菜如果到了后来也应该是一道天价菜。如今，虫草的价格虽然降了许多，但虫草的市场还在，单位门口几家经营虫草的门店，虽然冷清多了，但仍然有人光顾。

冬虫夏草的前世今生的确让人着迷。飞蛾产卵之后，受草木花朵上的真菌感染，落到土壤之中的蛾卵，到了第二年就完成了由生物到植物的演变，成了神奇的冬虫夏草，仅此而已。万物皆有灵，也许草根洮商和虫草同命，他们和它们都有着一样神奇的蝉变过程。

张忠良是一个从茶马古道上走来的洮商，其上溯三代都是洮州牛帮。但张忠良是在贫困中长大的，14岁就和附近村里的28个年轻人去四川石渠贩牛。那一次，他们从临潭出发又回到临潭，往返经色达、阿坝和玛曲，行程1000多公里，历时45天，一次贩了500多头牛。一趟下来，他赚了近3000元。有了这"第一桶金"之后，他先是去青海甘德开了一个小卖部，做起了小本生意，然后才涉足虫草市场。自此以后，他的致富之路一直是顺风顺水。

张忠良兄弟4人，他排行老四，母亲已经去世，父亲健在。为了供养三个孩子上学，他和父亲已经定居兰州。在兰州第一次见到张忠良之后，我才知道他原来就和我住在一个小区，前年才搬到了旁边一个小区。对此，我有点纳闷，我们小区的环境在兰州都是一流的，而旁边的那个小区环境很是一般般，我们这些工薪族当初都看不上的一个地方，一个有钱人为什么要舍优求次呢？张忠良说出的原因，令我很是意外。原来，几年前住进我现在的小区后，他父亲觉得自己没有念过书，而这个小区都是"有文化的人"，平时连一个说话的人都碰不上，所以就卖掉房子住在了旁边的小区。我忽然觉得，老人其实是一个智者，他是在寻找一个更适合自己的养老环境啊。有其父必有其子。我突然发现，张忠良也是一个谦谦君子，一个有钱人，尽管只念过小学，却没有一点土豪的样子。张忠良兄弟还没有分家另过，虽然各自都已经娶妻生子，但还在一个锅里吃饭，共同经营着父辈留下的家业。在四兄弟中，大哥没有念过书，二哥、三哥和他一样只念完小学，但因为张忠良一直好学上进，实际的文化程度最高。所以，用张忠良的话说，在家里他是跑外交的。张忠良其实是在谦虚，在别人发来的他的个人简介中，我发现他们家族在临潭、青海的几个企业都是以他的名字命名的，而他就是几个公司的总经理。此外，他还担任临潭县工商联副主席。张忠良无疑是一个优秀的洮商。

"小时候，自己对拔河最期待了。到街上看一次拔河，能把嗓子喊哑呢！"说起拔河，张忠良一往情深地说。他就是城关镇人，从小到大都在拔河的现场。与我认识之前，张忠良已经在别的地方听了我的拔河诗，所以他说，那首诗歌与配乐和他现在的心情是一样的。

张忠良很感激改革开放40年来的政策。他说："我们必须负起民族责任和社会责任。"关于洮商，张忠良不无忧虑地说，因为固守在一个传统的文化圈子里，加之网络时代的到来，洮商如果不能与时俱进，很可能会走下坡路。

如今，能干的临潭人和干得好的临潭人，大都在外地干，留在临潭本土发展的已经不多。在临潭，有本事的穷人和富人都在突围，穷人外出打工，富人外出经商，而在经商的富人之中，以经营虫草、珠宝为主的人最多，其产业也最成功；留在临潭的人，除了公家人，绝大多数是"恶拉（守田人）"和为数不多的种植养殖大户。这后一种人，就是合作社的那些带头人，是脱贫攻坚的主要力量，比如新城镇的张建平和城关镇的苟海龙。张忠良虽然在青海和西藏开有公司，但他的根还在临潭。临潭县城西大街50号一幢八层楼的酒店，就是他们弟兄4人的产业。那块地皮是爷爷在新中国成立前用5600块大洋买下的，公有化时期被县粮食局占了一部分，另一部分被他们守住了。他们在这幢具有象征意义的楼里，一楼经营商场，二楼经营餐饮，三楼以上则经营着住宿，生意很是红火。精准扶贫前后，因为秉承洮商"义利兼顾，服务社会"的优良传统，张忠良除积极参与公益事业而外，还充分利用自己多年形成的虫草产业链，带动1000多贫困户经营虫草；同时，他还响应全国工商联"万企帮万村"的号召，主动承担了石门乡大桥关村的结对帮扶任务，以及以入股分红的方式带动贫困人家120户，参与城关镇郊口村集体经济建设，让群众年人均分红实现近万元。

作为全县最早成立的农民合作社，新城镇李长荣的合作社是农业部评定的国家级合作社，为临潭县的脱贫攻坚做出了贡献。这个老典型，为全县的合作社发挥了示范作用。

经过近20年的发展，人们不难发现，不是所有的人都是别人扶起来的，也不是所有的人都情愿别人扶持。这些人，不但有自立意识，而且能吃苦，从来没有把贫困户当"光荣户"去争取。新城镇南门河村的马德就是这样一个未曾接受过扶持却在积极帮扶别人的硬汉子。而且，因为自小自强不息，成为合作社带头人之后，他仍然是一个坚持埋头苦干实干的人。

马德的合作社叫临潭县兴牧源养殖农民专业合作社。到马德的养殖基地时，马德还没有回来，镇上的一个干部电话联系了一下之后，说人去拉草了，让我们稍微等一会儿。不过，基地大院里有一个老太太，有七八十岁的样子，正独自站在一个已经有一人高的干草垛上吃力地摞着干草。见此情景，我过去打了一声招呼。怕干扰老人干活，我只是寒暄了几句，没有多"谝弹弓儿"。老人摞的是燕麦干草，是给牛羊过冬准备的饲料。人民公社时，我曾经在生产队干过摞麦草垛的活，挺累人的，而且那都是要一群人才能干的活儿，所以对独自一人摞燕麦草的老人我甚是怜惜。老人一身凝重的黑衣服，让我隐隐感到一个农民生活的沉重。那么大年纪了，应该去颐养天年的，起码应该是去晒暖暖，因为生计而仍然在热火朝天地拼着老命。我忽然觉得，一个闲人继续看一个老人干活是很羞耻的事，所以我就转身走开了。我随手捡起一把地上的燕麦草，去旁边的羊棚里与一群羊亲密接触。事后我突然意识到，刚才我应该去帮老人干活的，但当时我怎么就迈不出腿伸不出手呢？

马德的归来使基地的劳动气氛达到了高潮。当时，我正好站在大门口，听见一阵突突的车响之后，就看见一辆狂野的三马子满载燕麦草从大路上突然拐到了小路上然后又冲我站着的大门而来，三马子因为负重而气喘吁吁，燕麦草因为颠簸而精神抖擞，而作为驭手的马德几乎被高过他头顶许多的一车燕麦草所遮蔽，见三马子狂野，我赶紧往边上站了站，这才看见车后面还跟着一个护驾的中年妇女。二人都是一样的神色——满头大汗，疲惫不堪。这就是马德和妻子马买力叶两口子。

马德的出现解救了内心纠结的我。原来，正在燕麦垛上干活的老人就是马德的母亲，已经74岁了。正值农忙时节，年迈的父母都要帮着干活，不过父母干的活都是最轻的。那会儿，父亲去清真寺礼拜了，所以只有母亲一个人在院子里忙碌。

作为法定代表人，马德在合作社只占有40%的股份，其他4人占去了60%。在这个合作社中，马德拥有400头牦牛、300只湖羊、320只藏羊和105只细毛羊。马德的羊，前面我都在几个大棚里见过了，我还给其中的几只喂过草呢；而马德的黑牦牛，我也看见了，就散落在西边远远的山坡上，黑压压一大片，因为临近黄昏，逆光中看去，牦牛的背脊上都披着一身金色。

马德每天的汗水都洒在这样的时光里：早上一睁眼，就给羊拌早上饲料；吃完早饭，又去放牛；咬一口馍馍喝一口水，开着三马子去拉草；中间回来的间隙，又给羊拌下午草；天快黑了，又赶牛回栏；晚上8点左右，一家人才准备吃饭……

马德是我在16个乡镇农民合作社中见到的唯一股份占比低于50%的法定代表人。马德是一个有境界的人，虽然只占40%的股份，但他却带领着52户贫困人家，大家的分红率高达20%。这一红利精神，是我所走过的临潭农民合作社中法定代表人占股最低而红利最高的。多付出又多让利，才能体现合作社真正的扶贫精神。

在马德家里，马德砸出了一句掷地有声的话——

我贫困的时候为什么没让人扶，就是因为别人扶了我的昨天就扶不了我的今天，别人扶了我的今天就扶不了我的明天。

在马德的合作社，我最大的收获就是这两句振聋发聩的话。这也是合作社给我的新的启迪：合作是协作发展，而不是依赖寄生。

马德的话是有根据的。长川乡长川行政村塔那自然村有一个贫困户，去年3月得到2万元扶贫专项产业资金，买了两头肉牛后，4月还养着，5月就卖了，把钱全花光了。一个扶贫干部鼓励他出去打工，他不但不去，还对扶贫干部说："我出去的话，你们乡政府就给我把老人养上！"

这种人的贫穷，是有历史的，可谓根深蒂固。

在扶贫之路上，作为合作社的带头人，王付仓、张建平、苟海龙、张忠良和马德等人无疑都是一直走在人前面的乡村硬汉子。

第四章

许多小家庭
都是多民族

在伊斯兰教、佛教和基督教『三教同城』的临潭，以扶贫济困为目的的农民合作社的出现，基于一个民族和谐相处和发展的社会基础。

　　在伊斯兰教、佛教和基督教"三教同城"的临潭，以扶贫济困为目的的农民合作社的出现，基于一个民族和谐相处和发展的社会基础。

　　大家都知道，我们的国家是一个拥有56个民族的大家庭，但许多人可能不知道，在临潭有许多小家庭都是多民族，一家之内的成员有汉族、回族和藏族。这一情况，我以前一点也不知道，知道了以后很是惊喜和自豪。

　　团结的多民族大家庭让人骄傲，和睦的多民族小家庭更是让人羡慕。临潭的多民族家庭遍布全县16个乡镇，已经成为社会稳定和脱贫致富的重要因素。

　　就在我开始动笔写这篇报告文学之际，国家民委发布了《关于2019年全国民族团结进步示范区（单位）候选名单》，见临潭县名列其中，我因为刚刚结束近一个月的实地采访，心中有数，就毫不犹豫地投了临潭一票。我想，如果临潭最后当选，那就是实至名归；如果临潭最后没有当选，那也是春风自在。

　　临潭最初的居住者是藏族人，汉族人和回族人都是600多年前来自江苏、安徽一带。明洪武年间，为了稳定西北边陲，明太祖朱元璋命令西征将军沐英留守洮州。于是，沐英筑洮州卫城，长期镇守边关。其间，沐英所属一大部分回汉将士家属也随军迁入洮州并落地生根。

因为这一身份记忆，今天的临潭从县城到乡村的民居，大都是白墙灰瓦的江南徽派建筑。走进临潭之后，我给微信朋友圈发了几张临潭的照片，微友们都以为我到了江南水乡呢。

仅城关镇教场村，就有两个多民族家庭，一个是刚刚脱贫的马富春家，一个是返乡正在带领贫困户脱贫的贾双龙家。

马富春家是我走进的第一个多民族小家庭。"好之啦（你好吗），好之啦！"看马富春忙着放不下手里的电话，妻子扎西就连忙把我们往屋子里迎。马富春是回族，扎西是藏族，已故的父亲是回族，而健在的母亲是汉族，加上4个回族孩子，所以这是一个拥有回、藏和汉三个民族两代人的七口多民族之家。喜结连理的父母当然是这个多民族家庭的开始。马富春父母的婚姻我们可能已经无法打听出来，但在采访马富春和扎西时，我发现马富春的母亲何以代和女儿马文静一直趴在窗子外面听着，我就起身把老人请进来，然后问她，怎么和马富春父亲认识的。她笑了笑说了一句标准的汉族话"就那样嘛"之后再不言语，只是坐在一旁认真地听着我们说话。不过，我们不难从她儿子的婚姻成因看到她的婚姻轨迹，大致不外乎采挖虫草、贩牛羊皮甚至走牛帮这样一些往返青藏线或川藏线的艰辛经历，只不过是时间更为久远罢了。

扎西是马富春跟着父亲在西藏江达县做生意认识的。父亲马永祯和扎西家是生意上的合伙人，他家在江达县城开了一个兼营虫草买卖的小卖部，而扎西家给他家提供货源。马富春说，忙活的时候，扎西经常给他家看铺子哩。天长日久，在两家的生意往来中，马富春和扎西就有了感情，后来经大人一撮合，两个人就成了一对。

我先问扎西，为什么要嫁给马富春，扎西说"他对我好"。马富春的这一点，只有扎西知道，外人谁也看不出来。我又问马富春，喜欢扎西什么，马富春说，扎西善良、诚实，对哪个人都好。扎西的这一点，我一进门就感觉到了，虽然没有念过书，但扎西待人热情而又得体，与我交谈时一直面带和善的笑容。

一个和睦的家庭让马富春一家渡过了难关。二人结婚后，凡事都是商量着来，从来没有吵过架。他们家成为低保户是因为父亲得了白血病，花光了家里所有的积蓄。马富春说，父亲最后走时，只剩下身上的1000元。抬埋了父亲之后，在3万元扶贫资金的支持下，他和扎西从头再来。这几年，扎西每年都要回西藏挖虫草，而马富春则贷款买了一辆小面包车在川藏线上跑客运。

贾双龙家是我造访的第二个多民族家庭。他和父亲是回族，母亲是汉族，妻子又是藏族。这个家庭，民族结构和宗教信仰和马富春家一模一样。贾双龙的父母都已经过世，家里只剩下他、妻子和儿子回藏两个民族的三个人。贾双龙一家人配合得很紧密，去他家时，他儿子开车接我们，既像一个司机又像一个助手；到了他家，他妻子又跟前跟后的，既像一个大管家又像他的秘书。贾双龙的家就是他的临潭县双龙铜器加工厂，院子里都是正在干活的贫困户工人，二三十个人呢，而且一半都是老弱病残，现场虽然谈不上热火朝天，但也有一股旺旺的人气。

临潭县的铜器铸造始于明洪武年间。沐英奉命在洮州戍边时，其部下从南方带来了许多工匠，其中就包括铸铜的匠人。起初，贾双龙靠收旧铜器赚差价起家，积累了一些资金后，先是在岷县国民翻砂厂打工，掌握了一些铜器铸造技术之后，他便在岷县办起了一个加工铜器的小作坊。

贾双龙是返乡扶贫的。因为村上没有扶贫产业，在镇政府动员下，2018年他就回到家乡办起了铜器加工厂，以扶贫车间的模式，吸收了包括村上6个残疾人在内的26户人家入股共同脱贫致富。扶贫车间是继农民合作社之后的又一个扶贫模式，因为规模小，便命名为"扶贫车间"。此前，贾双龙当然也得到了家乡的扶持。去年，在获得县扶贫资金25万元、县残联扶持资金5万元和甘南州残联5000元的多方资金支持后，刨除给贫困户分红的一部分，他实现净利润12万元。而这，只是他在岷县收入的五分之一，至少要比在岷县少挣50万元。

贾双龙这个人力能扛鼎。一腔故乡情怀的贾双龙决定在故乡大干一番。去年，他花了12万元给县城的广场铸造了一尊口径为2.2米的大方鼎，并在上面刻有社会主义核心价值观的24个字。

这尊青铜大鼎我见到了，当时没有注意铸造单位，原来是扶贫带头人贾双龙的杰作呀。在我看来，他的这一举动，既是给铜鼎上的24字社会主义核心价值观做广告，又是在为自己的铜器广而告之，其寓意显然取自"鼎盛""一言九鼎"。当然，他也宣示着自己的诚信，寄托着对自己、临潭和国家的无限期许：钟鸣鼎食。我自然也想到了临潭人拔河时人声鼎沸的情景。

在临潭，因为许多村子是多民族，许多村党支部也是多民族。比如术布乡普藏什村党支部，就是这样一个多民族支部。全村99户406人，其中回族、藏族和汉族分别是248人、48人和110人。在支部班子里，支书邱喜全是藏族，村主任苏而沙是回族，而在三个支部委员之中，二人是汉族，一人是回族。如此，在这个多民族支部里，汉族就成了少数。

普藏什村距术布乡政府只有9公里，地处古术公路沿线，交通便利，而且依山傍水，加上江淮风格民居，即使是冬天，也是风景怡人。这样一个美丽而温暖的村庄，却是空空荡荡，少有人气。这是因为，村民收入主要靠外出打工，其次才是种植和养殖，所以村子不大，贫困人口却不少，竟然有一个160人的36个低保户群落。其贫困的原因是缺资金、上学和大病。五六年来，这个多民族支部，一碗水端得平平的，严肃认真地落实扶贫政策，交了一份群众基本满意的答卷。2014年高票当选支书的邱喜全晒出来的成绩单是这样的：2014年，整村推进时，硬化了道路，修建了便民桥，当年还解决了牲畜饮水问题，每头牛补助1000多元，每户搭建了一个牛棚；2015年，每户统一补助14500元，改造了全部危房；2016年，加固了4公里河堤，推进生态文明村建设，改变了村子的旧面貌。

普藏什村这个多民族党支部，在扶贫攻坚的大决战中，无疑发挥了桥头堡作用。

有多民族贫困家庭，就有"多民族扶贫干部"。采访中，我就遇到这样一位集多民族扶贫经历于一身的"多民族扶贫干部"，他就是先后在一个汉族村、一个藏族村和一个回族村担任第一书记、驻村帮扶工作队队长达6年之久的藏族干部道吉才让。这位只有34岁的年轻人，2012 年起在舟曲县坪定乡柳坪村汉族村扶贫，2015 年起在合作市佐盖曼玛镇克莫村藏族村扶贫，2018 年 10 月到临潭县古战镇甘尼村回族村扶贫。

临潭县的扶贫干部都知道，与新来的县委书记和县长一样，道吉才让到古战镇甘尼村回族村扶贫也是前来救火的。之所以调遣道吉才让来，是因为他在以前的汉族村和藏族村扶贫成绩显著，带领整村群众麻利地脱贫了。也就是说，一方面，他是深得信任；另一方面，他是临危受命。

古战镇之古战，在藏语里叫"古尔占"，意为"大帐篷"。一贯的"字思维"，再一次支持了我的望文生义，让我没有考证就接近了它的含义——与驻守边关的部队安营扎寨有关。在从县城到甘尼村十几分钟的路上，沿途我见到了不少古城墙和烽燧台。所以，经过在史册里的求证之后，证实这里就是一个古战场，而甘尼村曾经是那些城墙和烽燧台之下一个大帐篷遍地的营地。古老的时光还是存在的，我们似乎穿越了一段交错重叠的历史光阴。

如今的"古尔占"打响了一场脱贫攻坚战。那天一大早，我在甘尼村见到了"多民族扶贫干部"道吉才让及村里的几个扶贫干部。因为受一路短暂的"时光穿越"感觉的影响，他给我的第一印象竟然是一个古时的起趄武士，一身虎气，血气方刚。看来，这的确是一员攻坚克难的扶贫猛将。但是，我判断错了，在接下来我们一起与一些村民的接触中，我发现他不只是外刚，还有难能可贵的内柔——内宇宙丰富着呢。其实，道吉才让给我最深的印象是，他的模样的确像一个"干部"，他的姿态却不像一个"干部"，因为他的两只手不是一直插在衣兜里或者背在身后，他的脚步也不是"浪走（转悠）""浪去（逛逛）"那样慢慢腾腾，而是嘴巴和手脚都在为工作而忙活，言行始终保持快节奏。世界上的人和事，有虚就有实，有假就有真，虚实真假未曾绝也。扶贫的人和事也一样，有假扶贫的，也有真扶贫的，而一副古道热肠的道吉才让无疑是真的，因为他的心是热的。

日记是一个人的心灵史。上面要求驻村干部都必须写民情日记，道吉才让也写了民情日记，他的民情日记不是应付差事的被动记录，而是有着自己真实思想和情感流露的生活日记，其工作之细心和情怀之温热尽在其中。采访中，我有幸发现并拿到了他的三本民情日记，字迹密密麻麻的，找一个标点符号都不容易。这三本民情日记，除了一些表格，还配着一些照片，而第一本的第一页就是《甘尼村贫困户帮扶责任人包户责任人花名册》。

2018年10月16日是道吉才让到甘尼村的第一天，在当天的日记中他这样写道："或许真的和扶贫工作有缘。国庆前不久，局党组召开会议，就我局精准扶贫工作进行重新研究部署，由于我局下派第一书记因为客观原因需要召回，党组决定由我再次下派至帮扶村甘尼村担任第一书记兼驻村工作队队长。"读到这里，我停了下来，先从自己的角度想了想他会是什么心情。"当得知这一消息，本人倍感压力，不仅是工作上的，更多的还是来自家庭的，一双儿女年幼，父亲由于心肌梗死，心脏安装了两个支架，只能在兰州休养便于复查。"此处，我甚是感伤，又猜想了一下他接下来的决定。"思来想去，夜不能寐，但是作为一名共产党员，应当临危受命，在（入党）誓词中就有随时准备为党和人民牺牲一切（的誓词），所以本人决定克服一切困难，迅速适应角色，理清工作思路，俯下身子，沉下心境，积极投身到精准扶贫脱贫攻坚这一伟大战役中去，实践一名共产党员毕生追求的理想信念……"

道吉才让的思想站位高过了我的想象。一本不是秘密的扶贫工作日志，居然藏着这么大的心脉搏动。在一个没有豪言壮语的时代，道吉才让只好把自己的豪言壮语藏起来。那些公开的豪言壮语我可能不相信，但对这些非公开的豪言壮语我深信不疑。不难看到，一个劳累了一天的人回到家里伏案做笔记时的情景。

如此，道吉才让誊抄在每本民情日记扉页的一句"人们对美好生活的向往就是我们奋斗的目标"就不难理解了。

道吉才让接手的甘尼村的扶贫工作，不仅在全县，在甘南州都是一个位居第一的烂摊子，贫困面高达29.7%。刚来时，村委会开一个会都开不起来，一开会不是吵架就是打架，乱成了一锅粥。为了扭转这种局面，道吉才让挨家挨户走访、摸底、宣传，经过半年时间，他终于发现烂摊子甘尼村烂在了哪里。从客观方面上看，原因和临潭的其他乡村都是一样，诸如自然条件差、耕地面积少、交通不便、没有脱贫产业和思想观念落后等；从主观方面看，是干部没有把扶贫政策讲透彻，政策落实不到位，群众对扶贫政策"艾莱百来"（糊里糊涂）的，而一些平均主义思想严重的群众与享受扶贫政策的人产生了矛盾，甚至对扶贫政策有消极对抗心理。

在一个深度贫困的地方扶贫，必须具备一定的精神高度。通过几个正在慢慢爬起来的贫困户，我们不难看出甘尼村扶贫工作的艰难和"多民族扶贫干部"道吉才让的扶贫力度。

发展产业是脱贫的长久之计。这些年，甘尼村唯一的产业优势就是种青稞，一亩产300多斤呢。道吉才让从青稞的产业链看到了甘尼村的希望。他先找到了村里日子过得最"孽障"（可怜）的张永忠，鼓励其带头搞一个商贸综合体。这当然是张永忠做梦都在想的事，但是命苦的张永忠没有一分钱哪。为了扶持他，道吉才让先从单位要了5万元，然后帮忙给贷了5万元，争取到天津东丽援建资金8000元，"五小产业资助"资金5000元，最后看还是不够，他个人又掏了8000元。有了这笔钱，他就把张永忠与另外4个贫困户组合在一起，成立"云间沃野"合作社，选地址，建厂房，购设备，进行青稞深加工，生产杂粮制品"麦素"。产品有了第一个订单之后，他又在临潭县城租赁了一个铺面，动用自己原来在藏族村的扶贫资源，将合作市的"南锣牧场畜特产店"三个店铺与其连成一个销售链。与此同时，他还与临潭县杨家桥的"蚂蚁电商"建立合作关系，利用其平台促销甘尼村的杂粮产品。这些烦琐事，一路的手续都是道吉才让自己跑下来的，其中点点滴滴的辛苦，张永忠及其他人当然知道。

道吉才让之所以这样尽心帮扶张永忠，是因为张永忠已经穷得到了"吃不住"（坚持不住）的地步，可谓山穷水尽。张永忠是一个"穷二代"，父母在世时给兄弟几人分家，他只分到5亩地和一辆旧自行车。这个张永忠，家里6口人，他们两口子、儿子儿媳和两个孙子。人们可能不信，张永忠家里本身就穷，却一连遭遇了5次车祸。10年前，儿子张尔沙利用5000元的扶贫资金去学开车并考取了驾驶证。但是，汽车似乎是张尔沙的死对头，从2008年到2016年8年间一连遭遇了4次车祸：第一次，18岁的他开着一辆货车到四川雷达山拉马，路上车被撞了，车翻下山坡后，他的盆骨被车上的马撞成粉碎性骨折；第二次，2011年他骑着一辆摩托车被另一辆摩托车撞成脑震荡；第三次，2013年他在街道边"冈趟"（徒步走）的时候，被一辆后面来的轿车给撞了；第四次，2016年26岁的他乘坐的一辆酒驾车出了事故，司机当场被撞死，而他只是耳膜出血，侥幸活了下来。大难不死的张尔沙，从此与车有了不解之缘，如今是临潭县通达驾校教练。从18岁到26岁经历的4次车祸，使张尔沙因为手术浑身都是补丁一样的伤疤。第五次车祸，虽然没有让儿子张尔沙遇上，却让张永忠的老婆遇上了，时间是2016年，也就是张尔沙第四次车祸的那一年，一年之中一个家里两次车祸，真是祸不单行啊。命苦的张永忠说，女人和儿子都命大，我也福大，否则我就没有活路了。张永忠似乎已经从绝望中走了出来，讲述自己的这些不幸时竟然面带笑容。

否极泰来，平安就是福。如今，因祸致贫的张永忠一家遇上了扶贫，遇上了"多民族扶贫干部"道吉才让。

多年前，在青海省西宁，曾经有一个名叫尕麻乃的"哈章"（恶毒、倔强）之人，他抢劫、盗窃、诈骗、吸毒，为非作歹，为所欲为，这个人就是化名尕麻乃的甘尼村人马马力克。坐了19年零一个月牢之后，2017年7月18日马马克力刑满释放并回到了故乡甘尼村。他把这一天称作自己的重生日。出狱后的马马力克，孑然一身，家徒四壁，政府按规定每月给他发1700元的补贴，归还了服刑前的7.5亩庄稼地，遇上精准扶贫之后，他还得到了4万元的危房重建款。

与马马力克面对面时，我悲伤不已，内心已经没有憎恶。童年时的马马力克是一个比黄连还要苦的孩子。他出生刚刚4个月的时候，父母离异，一个又聋又哑的奶奶抚养了他。7岁时，奶奶去世，他就开始到处流浪，以讨饭为生，经常睡在街道边的水泥地上，吃的是别人的剩饭，穿的是"百家衣"。这样的一个孩子，能活下来就不容易了。也正因为这一点，他刑满释放后，甘尼村的人没有把他拒之门外。

马马力克当然也遇上了道吉才让。2019年，在一个特殊的日子——7月1日，道吉才让去慰问了马马力克，还送给他几身衣服。村干部的这一举动，让马马力克感动得一夜未眠。知道大家并没有嫌弃自己之后，马马力克更是有了重新生活的信心。马马力克的这一认识，正是道吉才让希望看到的。在道吉才让眼里，马马力克已经不是一个坏人，而是一个回头浪子，作为一名政府干部，不能放弃任何一个人，不论他从前干过什么。况且，马马力克还有一技之长呢。服刑期间，马马力克熟练地掌握了制作"教习头"的技术。知道了这一情况之后，一直想给马马力克找一个事干的道吉才让就办起了一个扶贫车间，把村里上了年纪不能外出的妇女组织起来，让马马力克负责技术指导，进行规模化的"教习头"生产。去年，他们的"教习头"不仅有了销路，还获得了甘肃省商务厅颁发的"外贸新兴企业"证书。

此前，我虽然见过"教习头"，却不知其为何物，走进甘尼村"教习头"扶贫车间，我才开了眼界，探明了究竟。原来，所谓"教习头"，就是理发店里那个用来练习给女人做头发的假人头颅。在一个整洁的车间里，只见七八个妇女都抱着一个"人头"正在认真地给其栽植假发呢，"头颅"个个都是长发飘飘的美人坯子。至此，我不但知道了什么是"教习头",还知道了甘尼村"教习头"的来历——道吉才让的发现和马马力克的奉献。

42岁的马马力克至今没有孩子。在16岁时,他曾经有过一次婚姻,但自从他走上邪路之后,媳妇就离开他了。回到甘尼村后,他又开始了第二次婚姻。马马力克有两个同父异母的弟弟,几个侄子虽然与他有一些往来,但他自己尚无一子一女,老无所依是一个大问题。所以,我鼓励马马力克赶紧生一个孩子。但是,他神色暗淡而又决绝地说,他已经不想这个事情了。一方面,是老婆年龄大了,身体也有病;另一方面,害怕孩子出生后知道父亲不光彩的过去。

现实中的他,既在纠结过去,又在纠结未来,而他想在现实之中给过去和未来都画上一个句号。毫无疑问,马马力克是自己不能原谅自己。对于他来说,人生的代价就是如此巨大。

看来,马马力克和道吉才让是有缘分的。我遇见马马力克之后,感到了人世间的一种温暖。走时,我使劲地握了握已经很有"萨卡"(出息)的马马力克的手。从马马力克的背影,我也更为清楚地看见了扶贫干部道吉才让的精神世界。

产业实体是脱贫必不可少的硬件。甘尼村的"六位一体"是道吉才让扶贫的产业布局。"六位",即唐古特大黄种植基地、高原特色藜麦繁育基地、"教习头"扶贫车间、八木泉土鸡养殖、牛羊育肥和八木墩风景旅游点;"一体",就是"云间沃野"商贸综合体。这是一个切实而有力度的产业格局,但只有"六位"个个到位,"一体"才能发挥作用。道吉才让和其他扶贫干部,似乎是在与甘尼村的人拔河,"六位"是群众,而"一体"是那一根绳子。

这一揽子事，在甘尼村当然是开天辟地的，让大家眼前豁然一亮，所以甘尼村的人都说："就只么整（就这样做）！"

从汉族村到藏族村，再到回族村，道吉才让认为自己其实做的都是一些鸡毛蒜皮的小事。离开临潭时，我与道吉才让加了微信。一天，他在微信里说："有些事，对于干部来说很简单，只不过是跑跑腿动动嘴而已，但对于群众来说就是天大的事，只有把这些简单的事办好了，才能得民心。"比如在柳坪村，他给群众办的第一件事就是解决买东西难的问题。柳坪村本身就很偏僻，村庄又坐落在半山腰，群众购买生活用品非常困难，只有等"赶营"（赶集）的时候才去县城采购。他到了以后，动员有心愿的贫困户在村里办起了一个便民超市，同时发动信誉好的企业给超市送货，而商品的价格与县城超市的商品一模一样。开业之前，几家人需要的营业执照啦，烟草专卖零售许可证啦等手续，全都是他帮忙去跑下来的。经过这件事，在村民眼里，道吉才让是一个啥事都"挖呢"（能行）的人。

在群众心里，道吉才让也是一个做事很义气的人。"亏本了算我的，受益了是大家的！"这是2018年4月的一天道吉才让在克莫村拍着胸脯对群众说的一句话。

事情的起因是这样的：他到了克莫村之后，发现村里养殖的牛羊销售很困难，为了把村里的牛羊卖出去，他决定在村里建一个销售点，通过走自己销售的路子打自己的品牌，而且他已经联系到北京南锣牧场经销商准备来村里投资兴建销售点。但是，原来与大家说好的事，一些人在临近之日突然变卦了，理由也很简单：害怕牛羊的价格上去了，而牛羊卖不出去咋办？于是，道吉才让又苦口婆心地做大家的工作，看一些人始终顾虑重重，他就说了那句狠话。当然，他也不是夸海口，而是心中有数。有了他的这句保证，村民才放心地跟着他干了起来，并很快注册了克莫村自己的"珍阁宝"商标。南锣牧场的"锣鼓"在克莫村敲了一年之后，村里的牛羊销售利润增加了40多万元，群众这才喜笑颜开。如今，他虽然到了甘尼村，但克莫村的一摊子事还经常找他，而南锣牧场三个店铺至今还在推销甘尼村的杂粮制品就是他的功劳。

作为一个在城里长大的年轻人，经过在汉族、藏族和回族三个村六年的扶贫，"多民族扶贫干部"道吉才让对几个村的农牧民也有了更多更深的了解。他在和我的一次微信聊天中说："在汉族村，觉得群众的文化程度较高，大家把握和理解政策的能力比较强，诉求总是能一语中的，符合实际，在具体帮扶中有针对性，便于操作；在藏族村，觉得民风耿直，一诺千金，只要是群众答应的事情，涉及个人利益甚至无利可图，都会信守承诺，所以只要工作做到位，就会事半功倍；在回族村，觉得群众思想活跃，或多或少都在村内发展自身适宜的产业，只要在政策上引导好动员好，就会达成所愿。特别是在产业发展上，自身有发展的意愿，只要发挥好'推波助澜'的作用，就会落地见效。"

道吉才让的这些心得，无疑是一个"多民族扶贫干部"富有智慧的经验之谈。作为一个藏族自治州，"九色甘南"因其文化的多样性而更富有兼容性，民族个性在其中则尽得风流。这一点，道吉才让已经给我们展示了。

我们几个人吃了养鸡户李永贵的一只土鸡。不吃不行啊，走村串户到了李永贵家，说着说着就到了吃饭的时候，一盘香喷喷的爆炒土鸡就端上来了，不吃伤人家面子哩，而且回到镇子上吃饭也不现实。李永贵以前就办了一个养鸡场，因为缺资金难以维系，后来就放弃了。道吉才让来了以后，激励了他一下，又把他扶了一把，通过单位资助他3万元。这样，李永贵自己又投了23万元，搭建了一个400多平方米的鸡棚，又养了1000只鸡。拉电的两根电线杆，都是道吉才让个人掏的钱呢。去年到今年，道吉才让到他家里跑了不下100次。李永贵说，和他一起养鸡的大儿子还没有娶媳妇，他经常鼓励儿子："只要土鸡养得好，媳妇天天在高考。"他给儿子的这个梦想是，将来不但要娶上媳妇，还要娶一个大学生媳妇呢！

这一只土鸡，外加一盘花卷和一人一碗酸菜面，是李永贵老婆的手艺，味道不错，把我们几个人都吃香了。

从临潭多民族小家庭的和睦生活，再到"多民族扶贫干部"道吉才让的多民族扶贫实践，不难发现一个铁的事实：民族是一家人。

国家是国与家的生命体。举一国之力的扶贫，既是国对家的一次深情拥抱，又是家对国的一次眷恋，所以就是我们的国策和家政。从表面上看，扶贫扶的是每一个穷人，但扶贫的目的是建设一个美满的家庭，一个人肯定撑不起一个完整的家庭，但一个坚固而圆满的家庭却可以让一个人站起来。在临潭一路走下来，我发现一些乡村的衰落其实是从家庭的破败开始的，"屋漏偏逢连夜雨"是许多贫困户的处境，成家立业对于一些人来说几乎就是梦想，贫困境况下婚姻的式微则直接影响了家庭的建立和延续。"美丽的乡村"如果没有了家，那就真的是"美丽的乡愁"了，而"美丽的乡愁"如果没有一缕温暖的炊烟，那扶贫还有什么意义呢？目前，临潭县贫困家庭的硬件建设已经初见规模，但对家庭的软件建设还是不够。软件如果跟不上去，硬件都是白费力气。

道吉才让的扶贫助手、扶贫工作站站长王生勇做的一件"家事"令人感动。八木泉自然村曾经有两个五保户，一男一女，男的叫马热木，女的叫冶南半，男的30多岁，女的接近40岁，男小女大，二人甚是孤单可怜。从来没有当过月老的王生勇就跑来跑去做了一次媒，这一做居然给做成了一桩婚姻，马热木和冶南半欢欢喜喜地重新组建了一个家庭。二人办喜事之前，村上给盖了三间房，夯实了他们起码的生活基础。

王生勇的月老当得让人温暖，他不仅帮助贫困户组建了一个新家庭，还给临潭的扶贫工作发现了新目标，开辟了一个扶贫的新领域——婚姻扶贫。

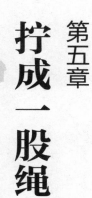

第五章

拧成一股绳

扶贫济困，善愿同行。那根600年长的拔河绳子被一些人拔断的同时，另外一些力量又和临潭人拧成了一股绳。为了与贫困决一胜负，这些年很多人都来临潭与贫困『拔河』了。

扶贫济困，善愿同行。那根600年长的拔河绳子被一些人拔断的同时，另外一些力量又和临潭人拧成了一股绳。为了与贫困决一胜负，这些年很多人都来临潭与贫困"拔河"了。

临潭的拔河是一件让人很纠结的事。临潭人的"万人拔河"，始于600多年前洪武年间他们的祖先，而中国拔河的历史已经很早了，可以上溯到2400多年前呢。那时候，拔河是兵家之间船与船在水上的一种较量，一开始只是一种叫"钩拒"的兵器，后来才发展成一种战术。竹竿铁头的"钩拒"，顾名思义就是钩拉与抗拒。钩与拒作为工具时是名词，作为动作时当然就成了动词。双方交战时，战船与战船相遇，如果想把对方吃掉，就得把对方拉近；如果不想被对方吃掉，就得把对方推远。其实，彼此之间的交锋就是一场拉锯战，胜负全凭各自的力量与智慧。至于拔河后来演变成体育运动时，一根绳子为什么代替了一根竹竿，就无从考证了，仅仅从这一工具的性质和作用来看，应该是拔河双方都把力量和智慧用在了拉扯上，即只防守不进攻了。所以，一直以来临潭人把拔河称作扯绳是很形象的。

我想说的是，作为体育比赛，拔河是一种拉锯战，作为扶贫攻坚，拔河也是一种拉锯战，只不过扶贫攻坚中"拔河"一方的贫困户是被动的，而扶贫者是主动的；贫困户都知道，从四面八方赶来"拧成一股绳"的人都是一片好心，想把他们从此岸拉到彼岸，但因为自身积重难返负荷沉重，他们被扯着被拽着甚至被拖着，以至于形成了一个长期的拉锯状态。

不是在梦里，在大西北的一个小镇上，我看到了一个美丽的南方村寨：冶力关镇蕙家村。在临潭一路的采访中，我不时遇见和听见"天津援建"这样一个词，因此"天津精神"一直深深地吸引并温暖着我，当听说一整个村子都是天津东丽区的奉献之后，我急不可耐地奔向蕙家村。

在陇上名镇冶力关镇的西南角，蕙家村真的以一派江淮风韵迎接了我的造访，让我好像又到了久违的江南。群山环抱之中，一个亮眼的村落，白墙黑瓦檐角昂扬的屋舍，崭新而坚挺，古朴而典雅，配以小桥流水，真乃一个飞来的江淮人家；村子中央还有一个小广场呢，已经全部硬化，像一个干净舒坦的庭院。最让我开心的，是走过那座"津临连心桥"，迎面白墙上的巨幅装饰画《拔河图》，以及它正在述说的与一次"拔河"有关的蕙家村新村史。这幅画是我在临潭县看见的最好的拔河题材的美术作品。听陪同我来的镇长赵金平说，它是四川美院的学生画的。

蕙家村的人，有福没福，已经是身卧福地了。今天的蕙家村，是由从山区整体搬迁出来的蒿坪社和黄家山社两个小村子合起来的村子。两个村子的人真是有福，2012年得到天津援建资金560万元之后，加上县上的300多万元配套资金，又自筹了1700万元，在县上和镇上统一规划之下建起了这个142户838人的新家园。除了每户上下二层的主房、偏房、大门、围墙、厕所、院落硬化等附属设施而外，还在村口建起了一座"津临连心桥"和一个文化广场，紧跟着上了体育器材、太阳能路灯、垃圾处理点和生态绿化等项目。

村子养人，人也要养村子哩。蒽家村有两个得天独厚的环境资源优势：一个是紧邻板家沟风景区，拥有一个好去处；一个则是紧靠着南滨河路，有便利的交通条件。因为得天独厚，蒽家村的群众就有了一些增收项目，比如农家乐、药材种植和苗木培育。那天早晨，赵金平带我们去得早，满村子就遇见一个大男人，穿得虽然不干净，精神状态却不错，看见我们几个串门子的后，像主人一样微笑着打招呼。

偌大一个岗沟示范村也是"天津援建"的心血之作。名字谓之岗沟，但岗沟村不在沟里而在塬上，而且包括大岗沟、小岗沟和塬上社三个社。和蒽家村一样，岗沟示范村也是利用天津援建、县上配套和群众自筹资金统一规划后建起来的，房子一律是明清以来的江淮风格，附属设施也样样齐全。但和蒽家村不一样的是，岗沟示范村规模更大，三个社加起来有 260 户 949 人呢。天津人究竟花了多少钱，我没有问，反正都在眼前摆着呢，那些一串又一串的数字，肯定没有眼前的实景看上去真实和舒服。

没有想到，冶力关镇不但在岗沟示范村安排了村里活人的事，还把死人的事都安排妥当了。岗沟示范村初建时，他们把全镇 87 户特困五保户集中安置起来供养，每人一个 50 平方米的独院，镇上的干部、医生定期上门服务。但是让我不能适应的是，他们也提前给每位老人发了老衣和棺材。在一个"半年憨"的老人屋子里，看着老人和他面前一副用旧毯子护起来的棺材，我有些吃惊。赵金平笑着说，我们当地的习俗就是这样，人老了都要把棺材提前做好，摆在眼前天天看着心里才踏实。原来，这是一种福气呀，怪不得老人面对自己的棺材那么淡定，甚至还有一些欢喜和一种幸福感。这些孤寡老人，最害怕的是没有人送终。

进出村子时，我先后碰见两堆男女分开的孤寡老人，大家都在晒着暖暖"谝弹弓儿"，彼此虽然离得很远，却各晒着各的暖暖互不搭理。因为怜惜那一堆老汉，路过那一堆老婆子时我就问了一句，你们为什么不和他们在一起说话呢？其中一个说，那几个老汉耳朵不行了，和他们说话太困难，一句话老要问来问去的。说着时，她还用手在耳朵上比画了一下。看她爱说话，我又笑着指着赵金平问她，认识这个人吗，她站起来瞅了瞅赵金平，然后笑着说，面熟着呢，干部们常来呢，就是不知道叫啥。不用说，老人的这一句"面熟着呢"和"常来呢"，是对镇长赵金平等干部最好的奖励。

冶力关镇有史以来的第一家医院——冶力关景区医院也是"天津援建"项目。医院规模不大，但五脏六腑俱全，已设有内科、外科、儿科、妇科、中医、急诊、放射、检验、心电图等十几个科室。医院虽然设在冶力关，却担负着羊沙、八角等3镇2.5万常住人口、流动人口和近7000建档立卡人口及邻近的卓尼、康乐两县3万人口的基本医疗、预防保健和地方病防治工作。不仅如此，每年150万人次以上游客的突发公共卫生事件和应急救治，也指望这个小医院呢。天津人不但援建了硬件，还援助了基本的软件。医院刚刚建成，天津东丽区就派了两个科室主任，在医院待了一个月，对医护人员进行了培训。医院建成以来，服务率达100%，群众满意率达70%呢。

在与副院长付锦童的交谈中我才知道，这个医院是当地医疗状况和医疗扶贫的一个窗口。冶力关属于高寒地区，常见的地方病有风湿病、非源性疾病、肝腔虫病、高血压和糖尿病。作为目前镇上最大的公立医院，冶力关景区医院的服务对象是建档立卡的贫困户、患病人员，而孤寡老人和五保户的服务他们也全包了，服务的项目包括体检、上门看病、五种慢性病的复查、向高等级医院转送危重病人和宣传医疗扶贫政策。看病的群众，最关心的是费用报销和就诊流程，但这都没有啥问题，群众看病很方便，每个人拿着社保卡来，看完病后把卡一刷就走人。

也许就是因为地方小的原因，放不下更多病床，一个大病房里十几个输液的病人都是坐着的，有老人也有孩子，还有老老小小陪护的人，大家都显得很拘束很疲惫。这种输液的环境和情景我还是第一次见到，感觉很是不适应。不过，几代冶力关人终算等来了一个医院，还是一件很值得庆幸的事情。

临潭人当然知道，天津人送给临潭人所有的福祉其实都是源自国家凝聚的力量！

如果扶贫是一场拔河，外省援建、省内帮扶和临潭自救必须拧成一股绳，进而形成一种合力。贫困并不可怕，可怕的是对贫困的麻木，甚至手足无措无从下手。

正在进行的扶贫攻坚，不仅扶的是群众的经济贫困，村干部的文化"贫困"也在扶持之列。甚至，在帮扶贫困群众脱贫之前，必须先把素质低的村干部扶起来。流顺镇丁家堡驻村干部虎希平对目前的农村问题有着自己的认识。他说，扶贫工作中最大的苦恼是政策的宣传、落实和"造血"的困难，他对当下农民的精神状态进行如下分析：能人只有10%，支持扶贫的人占10%，懒人占10%，其余的70%都是"墙头草"，眼睛睁大等着看呢。这一情况的形成，不仅与群众的文化素质有关，村干部文化素质低也是一个重要原因。在本村，只有文书是高中毕业，其他村干部都是初中以下学历。

正是因为这一客观原因，中央、省市和县乡的千万个干部才从机关大院走了出来，远离亲人，长期驻扎在基层第一线。脱贫攻坚战开打以来，不论援建还是帮扶，政府付出的不仅仅是巨大的财力，还有巨大的人力资源，其中各级驻村干部奋战在一线。今天，我们甚至可以说，在与贫困的"拔河"中，驻村干部就是冲在绳子最前面的那些人，也就是那个叫"龙头"的地方。脱贫攻坚战"拔河"的胜负，这些"缚苍龙者"是关键之中的关键。

村干部素质低，是一个反映比较普遍的问题。清华大学毕业的翟民，是被中国作协派驻冶力关镇池沟村担任第一书记的驻村干部。只有34岁的翟民是湖南湘西人，老家也是贫困地区。来甘肃扶贫之前，村里人问他："我们也是贫困村，你为什么不来扶我们？"这当然是玩笑话，翟民无须回答。到池沟之后，除了下村、讲党课和参加党员活动日，翟民就是在村委会坐班。一段时间后，他发现，甘肃扶贫的力度很大，比如村干部的配置，在他们湘西，一个村只有一个村干部，而临潭一个村有七八个。而且，乡镇干部很辛苦，基本都是"五加二白加黑"，根本没有节假日。但是，他也发现一些问题，比如农民"等靠要"和村干部素质低。他认为，脱贫攻坚的确要靠政府，但振兴、奔小康还是要靠群众自己，政府不能大包大揽。经济上贫困的群众如此，文化上贫困的村干部也是一样。他掌握的实际情况是，村里所有的文案工作都是镇上的干部在做。今后，应该对村"两委"的干部进行培训，慢慢让他们自己干。翟民说的这一情况，那天一进池沟村委会办公室我就看到了，只见七八个年轻人都在不抬头地忙活一些案头上的事。翟民介绍，他们都是在这里上班的镇政府干部。

驻村干部必须有两下子，否则贫困户谁也不认你。精准扶贫以来，因为行业的不同和驻地的实际情况存在差异，各个帮扶单位派出的驻村干部是八仙过海各显其能。

西北民院派出的驻村干部是化工学院的艾力。这位已经53岁的维吾尔族干部驻扎在流顺镇丁家堡村。因为地理条件差、眼界不开阔等原因，有着268户1267人的丁家堡村尚有86户处于贫困的冬眠状态。

来丁家堡村的第一天晚上，艾力就失眠了，他平时不抽烟的，但那一天他买了一包烟，一个人抽起了闷烟：这么好的地方，人怎么就这么贫困呢？从那天晚上开始，艾力就开始抽烟了，一天一包哩。年轻的时候，艾力是一个国际自由式摔跤运动员，那天后半夜他一个人与一棵树较量了一番。那棵树当然没有被艾力摔倒。艾力知道，扶贫不能有勇无谋。

尽管不是生在农村长在农村，但艾力对农民是有感情的。他在14岁进入甘肃省体工大队后，教练经常激励大家的一句话就是：在我们甘肃，50户农民才能养一个运动员，你们要努力呀，为甘肃争光，为中国争光！这一曾经的勉励，让艾力的扶贫体现出一种强烈的感情扶、扶感情的感情色彩，回报农民的养育之恩就是艾力的扶贫初心。

对于驻村干部来说，联络感情是扶贫的必经之路。到丁家堡不久，原四社社长、老党员王全定去世，经党组织批准，艾力在其棺木上盖了一面温暖的党旗，为其举行了朴素而又隆重的追悼会；王贵文患脑梗在兰州做开颅手术，接到求助之后，艾力跑着给联系大夫，出面担保医疗费，然后又解决大病医疗保险，使其基本康复出院，并得到扶贫政策救助；老光棍王希林患肌无力拉到兰州之后，艾力既联系医院又给找老中医，使一个几乎无望的生命起死回生，重新享受扶贫的温暖。

扶贫工作也是很有诗意的，在等待一大片野杏树开花的过程中，艾力看到了丁家堡村的出路。2018年开春到了丁家堡村，对如何扶贫、如何让群众脱贫，艾力是很迷茫的。但是，当看见沟沟岔岔里的一大片杏树时，他的眼睛一亮。山里人只知道杏肉可以直接吃，可晒杏干可做罐头可做杏脯，却不知道杏子全身都是宝呢，尤其是藏在里面的杏仁，富含脂肪、蛋白质、胡萝卜素、维生素和糖类等成分，营养价值非常高；山里人不知道，杏仁榨出来的油，不仅是一种优质食用油，还是一种高级的润滑油；山里人更不知道，杏核还可以制成活性炭、高级染色料和无公害油漆。艾力想，在自己的故乡新疆，谁家如果有50棵杏树，就能过上小康日子。杏树能养新疆人，就能养丁家堡人，所以必须把这些野杏树变成"摇钱树"。于是，他以地标为记号，爬上爬下地一棵一棵计算杏树的总数，从一社的村头一直数到一社的村尾，一天下来终于搞清楚一社杏树的"总人口"：3700棵。这只是一个社的，还有6个社呢，如果乘以6，丁家堡就有不少的杏树，称得上一个"杏树王国"。从此，他和杏树成了伴儿，一闲下来就天天看着杏树，等待一棵一棵的杏树开花。但是，他从1月等到2月，又从3月等到4月，杏树就是不开花。直到四月底，他回了一次家，返回村子时才看见杏花偷偷地开了，满世界都是，像下了一场杏花雪似的。艾力看完杏树开花，又看杏树落花，他期待着杏树给他结什么样的果实结多少果实呢。也许是彼此还不认识，没有感情的原因，丁家堡这一年的杏树让他很失望，除果实品质没有什么大问题而外，因为种植分散、品种单一和管理不统一的原因，丁家堡村的杏树挂果率很低，全年收成非常不好。看来，丁家堡最"贫困"的不是人而是杏树。这样，艾力决定先扶树后扶人，最后让丁家堡人扶着树站起来。首先，他带人去新疆考察了一次，引进了一些新品种；然后，他做了一个三年规划，制定了一个高原错季节有机山杏栽植长效机制；再者，他带领群众利用荒山荒坡栽植了1000亩山杏，组建了一个经济林产业合作社。为了方便群众出售杏子，盘活合作社经济，艾力请来了唐汪川的福幸伊园干果厂，并根据流顺镇的名字给丁家堡的杏产品起了一个"顺流"的字号，可谓用心良苦。

扶贫其实是一次在困境中解救贫困户的突围，多路径突围是所有扶贫干部的选择。所以，除了大造经济林而外，艾力还搞了一个有着3000只火鸡名叫"展鹏"的养殖合作社和一个利用旧房子发展乡村旅游产业的民宿合作社呢。到2019年底，艾力在丁家堡村组建了八个合作社、五个家庭农场，艾力带领着全村所有的贫困户奔跑在脱贫路上。

丁家堡的杏树不是艾力发现的，但丁家堡杏树的"贫困"却是艾力发现的，而且艾力不但让丁家堡的杏树认识了自己，还让丁家堡的杏树开阔了视野，认识了山外的世界。

我到丁家堡的时候，尽管杏树还没有完全被艾力"脱贫"，但丁家堡实现2020年脱贫攻坚目标已经没有任何悬念。那天，艾力拿着一份摁有七八个指印的建设集体经济林的报告让我们几个人看时，那个兴奋的样子就像一个考试得了高分的孩子。

艾力的最终目标是扶人，他有一个扶人的"三扶政策"：第一扶智，即智慧；第二扶勤，即勤劳；第三扶信，即信用。听说村里有一个学畜牧专业的回乡青年想搞产业，苦于没有资金，这让艾力喜出望外，村里缺的就是这种有技术的年轻人。于是，他赶紧找到这个像金子一样珍贵的年轻人，进行了一番"智慧测试评估"后，发现这样的人才不扶一把实在太可惜。所以，当年轻人提出希望得到资金扶持的时候，艾力就干脆地答应下来。之后，他先帮助年轻人争取到10万元的贴息贷款建起养鸡场；鸡棚搭起后，年轻人又没钱购鸡苗，他又自己掏腰包给了7500元，才买回来1500只鸡崽。看年轻人的确能干，艾力又扶持其成立了一个养殖合作社，吸收村集体经济启动资金35万元。这个原本士气低落的年轻人，被艾力这一把扶得一下在丁家堡站了起来。艾力的"三扶政策"，不仅扶对了人，还扶到了本质上。从目前情况看，这个年轻人在智、勤和信三方面都很优秀，有新想法，腿脚勤快，说话还算数，是村里一个难得的能人。

我问身边的一个村干部，艾力帮扶的这个年轻人叫什么名字，他回答说，叫王爱萍。没错，名字像女人的名字，人却是一个大男人。"大姑娘王爱萍"差点把我也给哄了呢，找到他采访时，我还以为找错了人，居然冲着他惊讶地叫出了声："你就是王爱萍？"被我这么一问，小伙子竟然"难打整"（羞涩）起来，嘿嘿地直笑哩。

在丁家堡村的杏树林子里，这个名叫王爱萍的年轻人可能是目前最大的一棵"摇钱树"了，而栽树的人就是扶贫干部艾力。

杏树有没有传说我不知道，但在中国传统文化中，"摇钱树"却是有着许多美好的传说。"摇钱树"是财富的象征，在一些地方的出土文物里，都不难看到用金银铜材质做的"摇钱树"摆件，枝枝权权挂的都是古钱币。关于"摇钱树"的来历，民间有很多说法，这里只讲其中的一个。说的是很久以前，有一个农夫很穷很穷，家里除了几亩贫瘠的土地，再无长物，虽然一家人很勤劳，日子却过得十分艰难。有一天，来了一个白发白眉白胡子的老人，送给农夫一颗稀罕的种子，并叮嘱他：这就是摇钱树的种子，春天你就把它种下，然后每天浇灌七七四十九桶泉水和七七四十九滴汗水，快开花的时候再浇灌七七四十九滴自己的血。老人走后，刚一到春天，农夫就照着老人的话做了，选了一块向阳的地方把种子埋下，并开始坚持天天到深沟里挑水，从种子发芽、扎根、吐叶、抽茎、伸枝，一直到长成一棵比农夫还要高的树，农夫每天不但浇够了七七四十九桶泉水，还浇够了七七四十九滴汗水。而当那棵树快要开花的时候，农夫的两只脚和两只手，磨破的磨破了，划破的划破了，疲惫不堪的农夫见状，赶紧将流出的血统统浇在了那棵树下，数量肯定超过了七七四十九滴。这时，突然吹来一阵风，只听见那棵树叮叮当当地响了起来，枝梢上挂满了一串串银钱，农夫上前抱住树使劲一摇，银钱哗啦啦撒了一地……

民间文学是文学之母，她给文学之子寄托了许多梦想。这个关于"摇钱树"的民间传说，其真正的寓意是：天下财富都来自勤劳的双手。下面这首关于一双手的谜语似的民谣就是其本意："摇钱树，两枝杈，两枝杈上十个芽；摇一摇，开金花，创造幸福全靠它。"

大家都知道，在植物界的确有一种植物叫"摇钱树"，亦名金钱榕、一串钱和钱树树等，都与钱财有关。包括"摇钱树"的这些名字，所有植物的名字都是人给起的，植物自己不知道自己叫什么。人们对这些植物的命名，寄托了对财富的无限向往。不过，植物的"摇钱树"也有着和一些穷人一样的品性，比如耐寒、耐旱、耐瘠薄、喜晒阳光、根系顽强。在我小的时候，听说村子里的那些榆树就是"摇钱树"，我们几个小伙伴就经常大把大把地吃那些榆钱钱呢。

在临潭，每一个驻村干部都想给自己的村子栽出一棵像王爱萍那样的真的"摇钱树"。

新城镇羊房村是一个农牧交错、高寒干旱的苦焦地方，所以中国农业科学院兰州畜牧与兽医研究所派出了畜牧专家周学辉。已经55岁的周学辉看上去根本不像一个专家，纯粹就是一个农民。也难怪，搞畜牧的人必须有点"畜牧的样子"，而羊房村可能就是他的牧场。周学辉在羊房村也找到了自己的"科研室"。他的扶贫项目不仅具有产业规模，还带有科研性质。比如他的蜜蜂养殖，就给周围的乡村提供着蜂源；他的牛羊养殖，就是一个畜牧示范基地；他的中药材和牛羊饲料种植，一直在试验推广"陇中黄花补血草"蜜源植物和"中天一号"紫苜蓿。周学辉到羊房村担任驻村干部后，和村主任张金生拧成了一股绳，一个搞项目，一个抓落实，配合默契。只有36岁的张金生是村子里唯一的高中生，也是村里唯一能和周学辉深度交流的"知识分子"，所以他们自然成了一对好搭档。张金生曾经也是一个穷人，最初在本县揽工程挣了一些钱，甩掉了穷帽子。去年3月，他被选为村主任，并成为致富带头人。人心齐泰山移。在一个有一半村民是文盲的小山村，一个副教授和一个致富能人的力量是无穷的，有周学辉和张金生撑着，班子里的人心齐，群众的心也齐。去年，村里修了一条土路，139户人一下子来了130户，这在以前是不可能的。以前，干个啥事一直干不到一起去，只要上面来了领导，群众就有很多的牢骚要发，现在基本没有了，只要有项目，群众都是争着上。

张金生没有见过县城的拔河，但他知道，拔河就是凝聚人心哩。

临潭是蜜蜂的天堂，当然也是蜂蜜的源头。每年三四月份到七八月份，临潭就进入了花的世界。其间，闻到花香的外地养蜂人便会带领自己的蜜蜂"蜂拥而至"，而本地的蜜蜂和养蜂人更是不会闲着，漫山遍野地忙着给自己采蜜呢。

山清水秀的王旗镇龙元山村是一个蜜蜂的王国。甘肃省交通运输厅的陈勇被派来驻村后就像掉到了一个蜜罐里。陈勇当然不是在吃蜜，而是在辛勤地为村里酿蜜。

闫焕娃七八岁就跟着父亲养蜂。在他的格桑花藏蜜养殖农业合作社的展厅里，我看见摆放着几件品相不错的老古董——三个三代蜂箱和一个榨蜜机。看那古老的样子，完全可以申报县级保护文物。不过，被几个驻村干部称作"老人家"的闫焕娃，长相看上去显老，年龄却并不老，今年只有55岁。以前，"闫老人家"养蜂只是自给自足，产下来的蜂蜜，除了留下来一些自己吃用，别的就是跟营时去卖一点，变成"郭尔姆"（钱）留作他用。

陈勇驻村后，发现了闫焕娃这个"宝贝疙瘩"，立马动员他成立了合作社。闫焕娃没有"郭尔姆"，陈勇就打借条找亲戚朋友给他借了41万元。陈勇也入了10万元的股，但他不参与分红，看着大家获利分享。开始考察时，陈勇带着几个股东，过陇南，走天水，一路上吃的是冷"锅勒"（馍馍），喝的是矿泉水，到最后"朵囊"（脑袋）上还晒出了皮呢。从外出考察到去卓尼买蜂，陈勇5个月没有回家。闫焕娃记得很清楚，去卓尼买蜂的那天，陈勇主持大家开会一直开到凌晨3点钟，而第二天一大早又带着大家往卓尼赶。

2017年驻村以来，陈勇把自己的全部身心都放在了龙元山村甜蜜的事业中。不要说"两不愁三保障"这样的大事，即使是村子里哪家的红白事，陈勇也不会"缺席"的。

在甜蜜的龙元山扶贫，真是把陈勇给甜死了。陈勇还采集到了龙元山花丛中的另外一种甜蜜。在隶属于格桑花藏蜜养殖农业合作社的百花蜜扶贫车间采访时，院子里一个宣传栏里的一组照片吸引了我的注意。这组题为《龙元山村的微笑》的照片，由近百人的头像照片组合排列而成，男男女女老老少少都有一张洒满阳光而又甜蜜的笑脸。在特别巨大的"笑脸"二字标题下面，有这样一段文采激扬的说明文字："一张张充满幸福的笑脸，映衬着无比喜悦的心情。那是老人为了孩子们健康成长、年轻人通过自身努力实现了脱贫奔小康，孩子们为了理想的成绩和快乐的童年……总之，如今的龙元山人，活出了精气神，处处能见到阳光般灿烂的笑脸。"

多么美好的一个创意！站在宣传栏前面，我被这片花朵一样的笑脸所感动，一种难得的甜蜜和幸福让我在寒风里如沐春风。

这些甜蜜的"笑脸"都是陈勇的杰作。走村入户过程中，他看见了山野里微笑的花朵，也发现了人群里这些花朵一样的微笑，尤其是一些老年人，还从来没有照过相呢，于是他拿出了照相机，咔嚓咔嚓地把它们拍了下来，并把它们展示在村口那个宣传栏里。龙元山村群众这些发自内心的笑脸，告诉我们甜蜜的生活究竟是从哪里来的。

在王旗镇草场门村弯弯曲曲的山间小路上，我们看见了甘肃省交通运输厅驻村干部刘宝驾驶的满载扶贫产业的"三驾马车"——铭归养蜂合作社、蔓芹湾养羊合作社和万红种植合作社。为了驾驶这"三驾马车"带领群众奔小康，甘肃交通人见山开路，遇水架桥，在不同的季节，根据不同的产业，分配着村里村外的劳动资源。

交通干部扶贫的第一件事当然就是修路。原来，我已经走过的洪滨镇也有省交通运输厅的干部在驻守。巴杰村驻村干部崔俊峰在介绍自己刚到村子时的情况时说："在民情走访中，我听到最多的是交通不便和产业发展的问题。如何解决这两个大难题，成为我心中的大石头。俗话说'要致富，先修路'。说干就干，我及时向政府反映这一情况，并提出了修路的想法。对此，镇党委、镇政府高度重视，派专人与县级部门进行了对接。经过现场踏勘和实地评估，很快将巴杰村尕路湾社的道路硬化纳入政府年度工作计划之中。现在，这段公路已经投入使用。"

甘肃省交通运输厅的驻守能否让交通闭塞的临潭四通八达？都说"条条道路通罗马"，我们不奢望条条道路通临潭，我们只盼望在兰州打工的那几个巴杰村人回家过年时不要再绕那条断头路。

对于自己的"国家级贫困开发县"这一身份，绝大多数临潭人都是一种无奈而苦涩的高兴。没有"贫困户"一说的时候，大家都是贫困户，开始扶贫以后，给一些人戴上了"贫困户"的帽子，虽然不光彩，但大家都争着抢着当，因为不但有实惠还很温暖。而对于别人的帮助，大多数临潭人其实都是这样想的：尽管援建临潭的人和在临潭帮扶的人都没有把自己当外人，但是不论是省外的财力援建还是本省的人力帮扶，应该的也罢不应该的也罢，都只是一种朋友或亲戚的情义，过日子终久还是要靠自己的。试想，让别人扶了这辈子，难道真的还能让别人扶了下辈子不成？刚强的临潭人不是扶起来的。

说实话，对于我，在临潭就想撸起袖子拔河。不来则罢，来了我就要入乡随俗，我绝不会把自己当外人。

临潭人已经撸起了袖子。11月20日。一个"临潭县'万人扯绳'重大活动社会稳定风险评估调查问卷"在微信朋友圈传播出来，转发最积极的是我刚刚认识的一些临潭人。一打听，这是临潭县委政法委牵头组织的咨询活动，正在为恢复拔河活动而做准备。

第一个给我发来调查问卷的是一个刚加上微信的叫杨金平的微友，他说："老师，效果明显。"我知道，他说的是我那首《在临潭我就想撸起袖子拔河》的诗发挥了作用，因为他曾经盛赞我的这首诗是"满满的正能量"。

我积极参与了这次问卷调查。这个在一片沉寂中横空出世的调查问卷，除了需要填写被询问者的一些基本情况而外，具体"支瓦"（询问）以下问题：

临潭县元宵节"万人扯绳"作为一项古老的民间民俗活动，您对这项活动的了解程度有多少？

对于"万人扯绳"这项距今有600多年历史的传统民俗活动，作为甘肃省首批省级非物质文化遗产，您觉得这项活动重要吗？

临潭"万人扯绳"您建议如何宣传此项非物质文化遗产？

您认为临潭"万人扯绳"作为非物质文化遗产，文化底蕴、活动形式、文化适应和传承流失的主要原因是什么？

您觉得当前非物质文化遗产临潭"万人扯绳"的保护工作面临的最大问题是什么？

如果从继承和保护临潭非物质文化遗产，为申报国家级非物质文化遗产和全国拔河之乡，恢复举办"万人拔河"活动，您认为最大的困难是什么？

如果临潭县将举办元宵节"万人扯绳"活动您会积极参与吗？

您对"临潭万人扯绳"重大活动的其他意见和建议。

打听清楚调查问卷的来龙去脉之后，我又反复推敲了每一个问题中的选项，然后才答卷。对于一般问询的回答，这里不再赘述。对于其中一个核心问题我则做了如下比较尖锐的回答："临潭的拔河，作为多民族团结奋斗的文化象征，具有重要的社会现实意义。临潭县政府应该从拔河开始，拧成一股绳，汇聚力量和智慧，改变临潭的贫困面貌。"

但是，因为我是第一次参与这种活动，手机操作不熟练，提交了几次答卷没有成功之后，我就疑惑地问杨金平："我填了，但无法提交哇，活动不会是假的吧？"

杨金平回复了一句"我看看"，就再也没有消息了。

因为急于弄个明白，我又问了临潭县文旅局副局长马国龙同样的问题。他回复我说："院长好，这是咱们县委政法委为做好万人拔河前期工作做的一项风险评估，可能近几天投票的人多，系统升级不够，速度慢，无法提交。活动是真的，谢谢院长的关注关心。"

反复读了几遍马国龙的微信，我才吃了一颗定心丸。

我真的是想得太多了，几天后我看到这样一条消息：11月27日，临潭县主题活动日在北京文化宫举行。消息披露，这次盛况空前的活动，旨在对外推介"拔河之乡"临潭的人文历史、风土人情、特产名品和旅游资源。让人喜出望外的是，参加活动的领导除我认识的中国作协吴义勤、李一鸣和尚未谋面但已经有联系的朱钢等人而外，还有中国拔河协会会长何振文先生。

中国拔河的"总教头"都出来了，临潭的拔河应该是板上钉钉的事。动静如此之大，可见临潭新班子工作力度是很大的。于是，我马上对几个临潭的朋友说，今年春节我要到你们临潭去拔河了！而且，我还在心里思谋，这篇题为《拔河兮》报告文学的尾声就应该是一次撼天动地的拔河。

在临潭，恢复拔河已经是民心所向。在我的拔河诗写出来两个月之后，我才发现，2019年1月3日，官微"临潭发布"发布了一篇题为《万人扯绳，洮州人共同的美好记忆》的文章。这篇由敏奇才撰稿、马廷义和敏生贵配图的长文，文字激扬，图文并茂，尽数拔河的历史传承、比赛细节、文化精神、非遗价值、民生意义和百姓心愿，一石激起千层浪，在县内县外引起长达一个多月的持续关注，重新唤醒了临潭人对拔河的记忆和期望。

近两万次的读者流量代表了民意，而百余条精选留言则表达了群众的心声。

这里，就让我们看看吧，听听吧——

闲云野鹤说："重启万人拔河活动，是我们这一代人的梦想。"

小鱼说："2007年，我上初中，有幸看过那次扯绳。小小的个子，还要站在街道旁边商铺的窗台上看热闹。12年了，我小孩都有了，我们拔河之乡的传统却没有了。等我小孩能认识汉字了，她会问我，妈妈，那个桥上写的'拔河之乡'是什么意思呀，我要怎么解释，因为我也只见过一次呀。真心呼吁，从今年恢复扯绳，让我们的下一代能在充满文化的厚土苗壮成长。"

可乐说："如何能恢复当年的豪迈和自信？"

SFZh0u说："万人扯绳是所有漂泊在外洮州人的乡愁，是浓郁的洮州多元文化的重要组成部分，是同龄洮州人少年时最美好的回忆。"

遇见最美的自己说："……活动自始至终完全由各族群众自发组织，在比赛过程中，各族群众将全部注意力集中在一条绳上，凝聚力量，共同努力，不分你我。比赛结束后，人们彼此祝福，约定来年再比。据史料载，600多年中临潭从未发生过重大安全事故、矛盾纠纷。由此，这项集体活动是各族群众交流感情的平台，也成为促进民族团结的精神力量。这种无形的力量，成为各民族共同的生活理想，使得民族团结意识潜移默化地存在于临潭各族群众心中。同时，也自然而然地为政府分担了一部分民族工作，这样的方式，较刻意的宣传、引导而言，更高效更主动。因此，在临潭'三教同城600年'的民族团结史中，元宵节万人拔河活动功不可没。"

云中鹤说："600年厚重的历史，600年积淀的江淮文化，不应该被遗忘和尘封，更不应该让'拔河之乡'美誉名不副实，而应该发扬和传承。应该亮出嗓子，撸起袖子，扯出一片新时代的艳阳天，扯出一曲改革开放、民族和谐的新篇章。"

XIYU说："万人扯绳，扯的是和谐，扯的是团结，扯的更是老百姓的凝聚力，终于实现了洮州人的梦想。"

最后面一条，显然是听到了要拔河的好消息之后才留的言。在这些留言中，我记住了一个微名叫"人生如茶"的人6个字的留言："一根绳，一条心。"

第六章
寄托在孩子身上的梦想

县扶贫办全志杰办的一件小事简直暖透了我的心。

临潭之行，全志杰是第一个代表县扶贫办用电话主动与我联系的临潭人。近30岁的全志杰还是一个未婚青年。几天的接触，我发现小伙子是一个很有志向且有想法的人，一心想远走高飞，不达目的不找对象不成家。

县扶贫办全志杰办的一件小事简直暖透了我的心。

临潭之行，全志杰是第一个代表县扶贫办用电话主动与我联系的临潭人。近30岁的全志杰还是一个未婚青年。几天的接触，我发现小伙子是一个很有志向且有想法的人，一心想远走高飞，不达目的不找对象不成家。

全志杰对手头的工作十分热心，除了单位里自己分内的工作，业余还有个人的一些动作，比如收集扶贫信息，编辑扶贫简报。那天，我们爬上古战镇一个高高的山头之后，他指着山下河对岸远方的一处山峁说，那里就是他的家。全志杰兄弟二人，哥哥在外闯世界，那个家里只有父母了。我仔细地瞭望了一下，到那里直线距离有五六公里，如果走曲线式公路的话有十二三里的路程。看来，这天全志杰是回不了家的。

全志杰心细如发。那天在术布乡采访，从藏族居民龚永平家里出来，我们准备在镇子上一个小饭馆吃饭。但点菜的时候，我发现不见平时负责点菜的小全，一问，有人说小全到打印部去了，让大家先吃不要等他。这样，我们就自己点了饭菜，然后等饭菜也等小全。但饭菜端上来后，还是不见小全，我们只好边吃边等。直到我们快吃到一半的时候，饭菜都有些凉了，小全才急急忙忙地赶回来。我责备他，啥事这么重要，为啥不能等吃完饭再去办呢？只见他把手里的一个塑料袋晃了一晃，高兴地说："覆膜去了！"

小全拿去覆膜的是一沓奖状。原来，我们在龚永平家里采访时，小全发现龚永平三个孩子贴在墙上的奖状都被烟火熏黑或者破损了，临走时就全部取下来拿去覆膜。我问多少个呀，他说一共18个，我又问花了多少钱，也许是人多的原因，他没好意思说。后来，我悄悄问他，才知道他花了180元哩。让我没有想到的是，小全与龚永平根本不认识，他和我们一样，都是第一次到龚永平的家里。真是一个细心又热心的年轻人，那些奖状当时贴满了两面墙，红红火火地鲜艳，吸引着我们一一驻足看过一遍，我们怎么没有发现被熏黑或破损了？我们怎么没有想到取下来拿去给孩子覆一下膜呢？

绝对不是小题大做，我被一个年轻人感动了，被一个扶贫干部感动了，被临潭人已经觉醒的教育意识感动了，内心洋溢的都是前所未有的温暖。一路上我都在想，那三个孩子回家后突然发现自己的奖状都穿上了一身"新衣服"，该会是多么的高兴而温暖呢！他们肯定还会问爸爸妈妈是谁做的好事，而爸爸妈妈肯定也只会说："一个年轻人，一个扶贫干部。"

"当时，看见墙上三个孩子的奖状，我突然想起了自己小时候的那些奖状，因为保存得不好，最后都损坏了，自己一直觉得很可惜呢？所以当时就有了拿去给孩子们覆膜的想法，其他也没有多想。"小全事后如此说。对此，我当场表扬了小全一下，但他显得很不在意。

扶贫干部全志杰无意间所做的这件事，就是真正的精神扶贫。

他谦虚地说自己是无意所为，其实他的所为是自己潜意识里的东西。从细致入微的小全身上，我的确看到了临潭县扶贫人的精神境界。

龚永平的三个孩子个个都是很优秀的。三个孩子都是女孩，老大叫宋宁宁，今年16岁，在临潭二中上初三；老二叫龚俊宁，今年14岁，在临潭二中，上初二；老三叫龚俊楠，今年10岁，在术布乡中心小学上三年级。18个光彩的奖状，有老大的8个，有老二的7个，有老三的3个。奖状的内容有三好学生、优秀少先队员、作文大赛和毛笔字大赛奖项等。其实，宋宁宁是龚永平的侄女，龚永平结婚后，已经有三个女孩的哥哥想要一个男孩，但家里养不起了，就托他领养了一个，所以他的三个孩子中有一个姓宋的。宋姓才是龚永平的本姓。

龚永平原名叫宋永平，兄弟二人，他是老二，因为家里穷娶不起媳妇，便入赘龚家当了女婿，从此跟着妻子姓龚了，改名叫龚永平。妻子也是藏族，名叫龚红花，龚永平的"红花农民养殖合作社"就是以妻子的名字命名。龚永平是一个能人，今天的日子是龚永平带领一家人共同辛苦的结果。

龚永平是卓尼人，因为懂一点兽医，经常帮一些人买牛，从中挣一点生活费。20年前，他到术布乡给人买牛时，无意中看上了龚红花。当然，他不是直接去向龚红花求爱的，而是先找了一个媒人去提亲。二人也是有缘，第一次见面就确定了关系。不久，龚永平就成了临潭人。

二人结婚后不久，父亲就去世了，女婿自然成了家里的顶梁柱。

最初，会过日子的龚永平利用两女户奖励金和低保户扶持金买了4头牛和12只羊，不但维持着一家人的基本生活，还供养着两个孩子上学。第二个女儿到了学龄后，上学的负担就更重了。后来，低保户资格被取消，龚永平就牵头办起了合作社，既为自己谋未来，又带别人脱贫致富。能人一般都很坚强，龚永平就是这样的一个人。副乡长马俊仁说，他2008年到术布乡之后，从来没有见过龚永平来乡政府要过什么好处。

龚永平现在所做的一切都是为了三个孩子上学。如今，在合作社里，他最大的财富就是126只羊和124头牛。那天，面对着他的牛群和羊群，龚永平说，这些牛羊就是我的银行，就是三个孩子的学费。自己没有上过学，但一定要让三个孩子读完大学。目前的龚永平是有资本的，而他的资本不仅是他的那些牛羊，还有三个孩子的18个奖状。

其实，孩子们获得的每一个奖状，既是孩子们给父母的精神回报，也是学校给家长的精神奖励。"我娃又得奖了！"总是让大人心花怒放。

一些临潭人说，供孩子上学的人家可能是最贫困的家庭，这我完全相信，但我也认为，在临潭养孩子上学的家庭也是最坚强的人家。就在术布乡，木地坡村大寺坡社有一个已经失去劳动力的老汉，家里5口人，两个儿子都是残疾人。2013年，这一家被纳入建档立卡户，享受二类低保，还有残疾人补贴。2015年，他们贷款买了20头牦牛，现在已发展到35头，今年已经列入脱贫计划。老汉的两个儿子都很硬朗，家里的牛一头也不愿意卖，原因就是大儿子曾经有过一次婚姻，留下一儿一女，他们要供两个孩子上学，而那一群牛就是他们给孩子准备的学费。

在冶力关小岗沟村，一个突然坍塌的家被一个女人独自撑了起来。女人撑起一个家的目的就是让孩子继续上学。这个名叫邢八英的女汉子让人敬佩不已。改革开放之初，我们习惯把那些在商海中折腾的女能人称作"女强人"，但现在看来，真正的女强人应该是乡村女人，而邢八英就是其中一个。在中国，在一个西部乡村，在一个贫困的农村家庭，对于一个女强人更具有考验性。对于一个上雨旁风的家来说，邢八英甚至有一些伟大之处。

邢八英的事情还得从9年前说起。那时候，邢八英和丈夫魏焕福凭借小岗沟村山上的一块薄地，赡养着70岁的婆婆，供养着两个读小学的孩子，日子虽然清苦，却十分安稳圆满。唯一让夫妻不满足的是，所住的三间房屋已经很是破败，夫妻俩整天梦想着换个新房子。但是，丈夫突然犯了糊涂，做了一件蠢事：秋收后的一个雨夜，喝了酒的丈夫与同村的两个年轻人偷了黄家山脚下水电站里用于炸洞口的炸药，打算倒卖后赚钱补贴家用。邢八英知道后，无异于五雷轰顶。冷静下来之后，她力劝丈夫去投案自首，结果丈夫被判了15年。一个人的过错，换来了一家人的灾难。家里的"顶梁柱"轰然倒了，所有的负荷都压在邢八英一个人身上。连续三个多月，邢八英愁得几乎夜夜睡不着觉。在人前抬不起头的邢八英，白天不敢出门，又不得不出门，婆婆要养，两个孩子要上学，家里处处都离不开钱哪，一家人不能等死。不过，人都是逼出来的。过完春节，邢八英跟着哥哥嫂嫂出门打工了。她想，自己要好好活着，坚强地等丈夫魏焕福回来。

从此，好强的邢八英一个人开始在心中拔河。出门之前，邢八英安顿好了婆婆，又安顿孩子，把所有的事项叮咛了一遍又一遍，什么照顾好奶奶啦，什么好好学习啦，什么不要拿别人的东西啦，不要和人打架啦，等等。她不识字，害怕孩子记不住，她就一句一句看着孩子写下来，要求两个孩子经常去看。生活没有把邢八英逼上绝路。每逢雨天，不能干活的时候，她就跟着工友认字写字，一方面她想给丈夫和两个孩子写信，另一方面她想把每天挣的工分记下来。这样，两三年下来，邢八英不但认识了不少字，还会写日记了。

下面让我们耐着性子读一读她怀念丈夫的一篇日记——

"我过去的前段时间是我最痛苦的时候伤心，最乱，随（虽）然她们安慰我，可我心里的眼泪很多很多，我把我的心里（事）埋在心里，给无人诉，我不知道你那边过得的好吗？饭吃饱吗？冷吗？你做那样的事情，我能理解，我也知道你现在也很后悔，我也不知道以后的日子怎么过啊，我想起就觉得很可怕，我心里忐忑不安，你知道我心里有多么的苦吗，下（咱）家里的一切结果你知道，你知道我是女人啊，快到了种要（药）的时候了，我不知道那个地里种什么，每年你决定，到了打工的季节了，他们都打工去，我怎么办，因为我是一个女人，她（他）们不愿意代（带）我，因为不方便，你知道我多么的交己（焦急），就像发疯似的。你不在的这段时候（间），（我）每天晚睡不好觉，我就想，以后日子怎么过，有时候就想起我跟你开心快乐事，就会给（我）一点点的安慰，你不在的这段时间变了很多变花（化），这时（是）我跟你的命运那（哪），还是难呢？我跟孩子们在家等待，我亲爱的，不管你变成什么样子我也已（依）然爱你。"

要完全读懂邢八英的日记，是需要好好地费脑子猜一猜的。此处所引的这篇日记，我完全保留了原样，对病句、一逗到底和不点标点的情况一处也未作改正，只是对错别字做了校注。虽然读起来困难，但正是这种艰难的书写让我读出了其中味道。比如，最后一句就让人潸然泪下。

"只要思想不滑坡，办法总比困难多。"邢八英无疑是一个有着巨大"内生动力"的人，而这是最根本、最靠得住的脱贫力量。当然，这种力量也是孩子上学的动力，父亲倒下去了，母亲没有倒下去，所以邢八英的两个孩子就没有辍学。

因为在监狱里表现好减了刑，魏焕福再有一年零九个月就要出狱了，他回家第一眼看见的将是一个他可能不认识的家：在他不在家的时候，妻子靠在内蒙古等地背水泥、砌墙、刷墙和扎钢筋打工挣来的钱，不仅养活了全家老小几口人，还盖起了三间新房子。对他而言，盖房的妻子肯定是一个英雄。

更为重要的是，他的两个孩子——两个男孩，一个临潭一中毕业，一个临潭三中毕业，二人均已经开始创业。

孩子，孩子，一切都是为了孩子。王旗镇闫家寺社宋永祥家里唯一的经济来源就是药材种植，这唯一的家底也是三个孩子上学的费用。有一次，宋永祥对省交通运输厅驻村干部邵昌红说："尕邵，我就是砸锅卖铁，也要供给娃娃们把大学上出来，我们已经在这大山里生活了一辈子，改变不了，娃娃们还年轻，还有很长的路要走，我不希望我们的娃娃再和我们一样在这里生活一辈子!"

同时供养三个学生可真是少见。宋永祥的决心当然感动并鼓舞了邵昌红。所以，交通人邵昌红的扶贫没有从修路着手，而是从学校开始的，她很快组织了一次"平安进校园，共筑中国梦"捐赠活动。

其实，中国梦就是孩子的梦。脱贫攻坚给临潭的教育敲响了警钟。回首走过的16个乡镇，我发现临潭县源远流长的贫困史就是一个文盲史。这一点，从整村搬迁扶贫中拔出的穷根不难看出。

文盲是造成生活盲目性的根本原因。八角镇牙扎村就是一个整村搬迁的文盲村。全村175户人，原来都住在山顶上，突然被连根拔出来后，才知道自己是一群与这个时代相差十万八千里的文盲。从村子里最大的文盲年龄推算，他们可是经历过20世纪50年代震惊世界的中国扫盲文化运动的，怎么至今还是一村文盲？看来，那场全国性的扫盲运动欠牙扎村一把铁扫帚。其实，牙扎村人原来居住的地方也不是大山深沟，与他们现在的新村子距离并不算远，曲线距离最多4公里，站在门外的路边就能看见，但是就因为这区区的距离而成了一个交通不便的村子，让他们过了几个世纪封闭的穷日子。

在崭新而又贫困的牙扎村尕拉社，我走访了两个文盲贫困户。

文盲李骏成已经68岁，两个儿子，老伴去世19年了。他独自住进了借助政府11.9万元援建资金盖成的新房里。但是，因为没有钱，所有的墙面还是黑黑的水泥，几个房间也没有吊顶棚，而且家无长物，只有一个火炕和一个火炉，境况显得很是清苦。让李骏成最忧心的是两个未婚的儿子，小儿子已34岁，大儿子已经42岁，只念过四年书的小儿子在新疆打工，与家里没有联系，不知道在干什么；大儿子在兰州一个土建工地上做临时工，年初就出门，年末才回家，一年能挣一万多元。作为一个孤寡留守老人，李骏成享受着二类低保，每月有320元的保障金，此外还担任了救济性岗位的生态管护员，每年有6000多元的收入。

当下，对于两个儿子的婚事，李骏成可以说是已经到了"火烧眉毛"的时候。小儿子还能等几年，他的心愿是平平安安就行了，而对于大儿子，他则是心急如焚，年龄不饶人哪。大儿子很孝顺，不乱花钱，更不赌博，挣下的钱都拿回家了。但是，大儿子和他一样，是一个地地道道的文盲，一天书都没有念过。李骏成说，一家人在山上住的时候，既耽搁了娃的上学，又耽搁了娃的婚姻。

在与李骏成的交谈中，我能深切感受到他的无助。

文盲张发祥和康玛代夫妇，一个今年75岁，一个今年74岁，二人也享受二类低保。张发祥的耳朵已经背了，跟他说话，必须趴到他的耳朵边一句一句地吼。康玛代情况比老伴好一点，耳朵不背，眼睛不花，和我们一边说话一边洗衣服。

这两口子也有一个未婚的文盲儿子，已经43岁了，在兰州打工，也是年初走年终回家。这个三口之家的情况，比李骏成家的情况好多了，三间刚入住的新房子全都简单装修，一间偏房两个老人住，两间正房静静地给儿子和未来的儿媳留着。儿子的媳妇还没有找下呢，但老两口似乎时刻准备着，给那两间正房里已经摆上了结婚用的全套家具：一张双人席梦思、一个三人大沙发、一个大茶几、一个组合柜和一个火炉，外加墙上一个大电视。房子拾掇得很干净，像一个新房。这排场，让人欢喜又让人心酸，如果儿子的媳妇一时没有着落，那这新房不就成了旧房？尤其是那个大电视，如果长时间不使用，不就放坏了吗？不用说，他们这是给前来看家的人亮家底呢。老两口的心情不难理解，但他们这种盲目的做法却让人心疼。俗话说，"吃不穷，喝不穷，打算不到一世穷"。没有文化不会过日子是许多文盲的致命弱点。

村支书李海峰说，在牙扎村，像这样的老光棍还有8个，年龄最大的53岁，年龄最小的也已经30岁了，8个光棍8个文盲，8个文盲8个家庭。村子里也有上过小学的，但在今天和文盲没有什么两样。八角镇司法所主任包文忠介绍说，牙扎村815人，其中文盲竟有180人。村里也出过一些高中生、大专生和几个本科生，但毕业后都没有回来，如今的村子就是一个"文化盲区"。

在临潭的教育史里，家里条件差的人上不起学，条件好的也不一定乐意上学。前些年，许多急功近利的人都放弃了对孩子的教育。一些人认为，孩子能抓住方向盘就行了，一些人觉得，孩子能认得几个字就可以了，所以许多孩子小学一毕业就不再上学，致使只有小学文化程度的人在临潭县的16个乡镇占了大多数。

都说念书才会有"萨卡"（出息），但不念书也有"萨卡"，这一观点正在影响不少年轻人。不仅仅是洮商，许多洮商的孩子也有同样的看法。洮商张忠良的儿子就曾经问当老板的父亲，上大学有什么用呢，你只上过小学不也是挣了很多钱吗？有钱就有一切。

孩子所问的问题让张忠良有苦难言，没有办法透彻地用道理给孩子解释，他就举了当地一家公司破产的例子。这个公司的几个老板是亲兄弟，小时家里贫困都没有上过学。长大后，弟兄几个一开始猛打猛撞成立了一个公司，虽然也很快赚了一些钱，但后来慢慢就不行了。啥原因呢？弟兄几个没有文化呀，经营不善，不善经营，对市场行情把握不准，摊子铺得太大，最后刹不住车就破产了。儿子当然知道这家在临潭妇孺皆知的商贸公司，听了其倒闭的原因以后很是惊讶，从此便不再言语。孩子也终于明白，当老板的父亲为什么还经常看书学习哩。

因为一茬又一茬的文盲，临潭的教育脱贫攻坚肯定是有盲区的。两代人短视的教育理念，直接造成的结果是教育基础的断裂。县扶贫办陈玉锴认为，整体来说，临潭的幼儿园、义务教育阶段的教育还可以，高中阶段的教育就很欠缺，学习好和家庭情况好的学生很大一部分都转到合作、临洮、卓尼和兰州等地方去了，剩下的都是学习差的，老师也信心不足，造成恶性循环。今后需要系统性、整体性出台一系列配套政策进行刺激。

"天津援建"也给临潭的校园吹进了暖风。临潭之行落脚的最后一站是接近兰州的冶力关，所以我放慢了脚步，在冶力关多住了几天，一则驻扎下来了解冶力关，二则深入紧邻冶力关的两个乡镇。因为在冶力关下榻的宾馆紧靠临潭三中，每天过去过来我都要通过大门看几眼美丽而安静的校园，又因为来来去去，我也默默地与一些每天上学和放学的孩子做了几天同路人。孩子们当然不认识我，而我认识他们，因为他们都穿着清纯的校服，他们都进出临潭三中，而且因为他们都是青春洋溢的人。

　　走进临潭三中是一个必然，这是因为临潭三中有一个天津援建教师。这位园丁叫代恒波，80后，天津师大在职研究生，国家二级心理咨询师，天津东丽小东庄中学教师。今年8月20日，代恒波接替前任教师到临潭三中任教，每周担任两个班六节道德与法治的教学任务。代恒波其实是安徽人，只是在天津工作并安家了，妻子也是教师。因为老家在安徽，到了一片徽派建筑风格的临潭，代恒波感到十分亲切，就像到了故乡安徽一样。

　　"不识庐山真面目"的情况在临潭肯定存在，所以我最想知道的是一个天津人眼中的临潭教育和孩子是什么样子。在校长办公室，我请代恒波比较起来谈一下冶力关学生与天津学生的不同。但他没有把临潭和天津比，而是与家乡安徽进行了比较，而且他说的基本都是冶力关学生存在的问题。在代恒波眼里，冶力关的学生留守儿童多，一个班里最少有四五个贫困户的孩子，从鞋子、衣服和文具就能看出来；冶力关的学生，总的来说视野狭窄，见识少，显得幼稚、内向和自卑，而家庭情况差一点的学生，因为缺少家庭教育，平时没人管，没有良好的生活习惯。不过，冶力关的学生朴实、老实、勤奋，并且能吃苦。

　　对于临潭三中的教师素质，代恒波的看法是，80%的教师能达到学校的教学要求，个别教师没有上进心，缺少奉献精神。不过，令人高兴的是，临潭三中每年也有教师去天津参观学习，大家都在思变哪。代恒波的回答和计划让我感到了一个教师的真诚。对于临潭的学校来说，天津的教育扶贫不仅是扶贫济困，更重要的是搬来了他山之石。代恒波打算今年做成三件事：第一件，继续完善和深化前任教师推广的"五步教学法"，即情境展示导入新课、学习目标展示、自主学习合作探究、课堂总结当堂训练和拓展提升五步，而教师在其中发挥穿针引线的作用；第二件，推行集体备课；第三件，筹备科技教育和环境保护课程。

大大小小的学校是临潭人的希望之所在，所以从学校变化看扶贫似乎是一个最佳途径。也可以说，学校是临潭扶贫的一个窗口。

精准扶贫以来，临潭受益最大、变化最大的无疑是学校。在16个乡镇的走访中，我看到山山水水之中最美的房子是学校。眼前的八角镇就很漂亮，整村搬迁的几个村子，如牙扎村、庙花山村，因为乡村面貌焕然一新，已经被当地纳入自驾游宿营地，而每一所学校都乘势而上成了一道美丽的风景。有着254个学生的八角镇中心小学开设了八个教学班，其中一至四班是单班，五至八班是双班。此外，在这个中心小学的下面，还有三所四年制、三年制教学点和一个教育班。而且，村子里都有一所"校中园"——中心幼儿园呢。在这些学校里，均衡发展、"控辍保学"和"两免一补"等教育扶贫措施得到切实落实，凡是扶贫政策中涉及学生的，学校都会到贫困户宣讲。其中，硬件变化最大，操场塑胶化了，教学楼焕然一新，教学设备一应俱全，还有了乡村少年宫呢。教学硬件的变化，优化了教学资源，开阔了教师和学生的视野。副校长王国珍深有感触地说："这些年，当地学校吸引力大了，家长送孩子上学的积极性高了。同时，学生家长的负担减轻了许多，尤其是寄宿制实施以来，孩子吃住一体，家长们很省心。"

10年前临潭的学校可不是这个样子的。说起石门乡中心小学的变化，大家恍若隔世。比如学生的穿衣，以前穿的都是旧衣服，而如今个个都是新衣服；比如吃饭，以前都是自己做饭，两个盆子扣在一起就是一个锅，现在都在大灶上吃饭。变化最大的是校园，以前都是土围墙，现在都是砖墙；教室以前都是砖木结构的平房，现在都成了楼房；操场以前尘土飞扬，现在都是彩色塑胶……副校长冯龙博说的这些旧与新，让一种"被幸福"的幸福感在我的心里满满的。

临走时，看见彩色的塑胶操场上一群活泼可爱的孩子正在玩耍，我心想拦住一个抱抱，但一个个像泥鳅似的滑溜，结果一个都没有逮住。这是一群7岁的孩子，我问他们的年龄时，他们都乐意回答。最后的一个女孩子，我还没有问到她呢，她就抢着回答"我也是7岁"，可爱得让人心暖。这些花骨朵，还都是刚从父母心头上掉下来的一块肉肉哇。人小，责任却不小。临潭人最大最沉的心思，可都在这些孩子身上了。

深沟大山里最苦的就是孩子。有大山，必然有深沟；有深沟，肯定有大山。这是大西北山里人一个普遍的命运。几代临潭的读书人，小小的年纪，就开始翻山越岭了。所以，"要想富，先修路"念及的首先是上学之路。

今天的冶力关镇池沟小学，是整村搬迁时从山上的上庄社搬下来的。但是这个学校的搬迁，只是改善了学校的办学硬件，学生只是相对集中了，并没有完全改变一些学生的行路之苦。冶力关除了深沟就是大山，除了大山就是深沟，学校走不出去，学生娃就"插翅难飞"。深沟大山里的学校，就像一个鸟笼子，把孩子统统关住了。

在池沟小学，我随机采访了三个四年级走读生：男孩冯宏伟、李强强和女孩祁玉红。三个孩子今年都是10岁，都是一个班里的，家都在一个村里。因为采访地点在校长刘庆海的办公室，屋子里人多，三个孩子显得很紧张，一开始可能还吓着了他们。我和三个孩子坐在刚进门的一个长沙发上，最边上是我，紧挨着我的是冯宏伟，依次是祁玉红和李强强。冯宏伟敢说，而且又是"近水楼台"，所以，基本上都是我们两个人一问一答式的对话。

"家里几口人？"

"4口。"

"父亲在干什么？"

"死了。"

死了？死了！屋子里突然一片沉寂。祁宏伟干脆的回答差点让我泪目。孩子说"死了"二字时，似乎对死充满了仇恨。我不忍再追问孩子，而是转身用目光询问刘庆海，校长低声回答："病的。"于是，我又和孩子说话。

"母亲呢？"

"到兰州打工去了。"

"妈妈常回来吗？"

"腊月才回来。"

"你平时和谁在家里？"

"爷爷、弟弟。奶奶去给叔叔家看娃了。"

"家里离学校几里路？"

"10里路。"

"上学路上你们一般能走多长时间？"

"一个小时。"

…………

和冯宏伟一样，李强强也是留守儿童，家里6口人，爸爸在靖远煤矿打工，妈妈在兰州一家面包店做面包，爷爷奶奶和一个弟弟在家里。我注意到，对于同样在外打工的父母，李强强介绍他爸爸时说是"打工"，而介绍他妈妈时说是在"做面包"。我猜想，在李强强心目中，在面包店做面包的妈妈比较体面，而且妈妈每天都有面包吃。祁玉红情况好一点，有一个弟弟，爸爸妈妈和爷爷奶奶都在家，家里6口人很团圆。与这三个孩子每天一起上学的还有三个同村的孩子呢，一个是祁玉红的弟弟祁玉军，另外两个是康小玉和丁艳芳，三个孩子都是三年级学生，也在一个班里，因为正在上课，所以没有一起叫来。

这六个孩子，每天早起晚归，一起上学，一起放学，上学是下坡路，放学是上坡路，形影不离。那么，他们每天是怎么按时起床又怎么走到学校的呢？这个问题，还是我和冯宏伟一问一答。

"怎么按时起来的？"

"上闹钟。"

"起床后谁先叫谁的？"

"谁住在高处谁叫。"

"那谁住在高处呢？"

"祁玉红住得高。"

"背书包吗?"

"背。"

"书包有多重?"

"像一块石头。"

"多大的石头?"

"这么大。"他用两只手比画了一下,像一个西瓜。

"重吗?"

"嗯。"

"路上害怕吗?"我换了一个话题问。

"害怕。"

"最害怕什么?"

"拉娃娃的。"

"什么是拉娃娃的?"

"贩人的,人贩子。"

"谁告诉你们有拉娃娃的?"

"妈妈经常说,你们在路上要走快点,要么就被拉娃娃的拉走了。"

"你们碰见过拉娃娃的吗?"

"没有。"

"你见过狼吗?"

"没有。"

"你们在路上摔倒过吗?"

"冬天下雪,路滑的时候,走得一快,就摔倒了。"

"你们早上吃什么?"

"馍馍。"

"吃鸡蛋吗?"

"不吃。"

"家里有鸡蛋吗?"

"有。"

"那为什么不吃呢?"

孩子不说话了，低下了头。

"那中午吃什么呢?"

"方便面。"

"天天都吃方便面吗?"

"嗯。"

"能吃饱吗?"

"有时吃不饱。"

"爷爷每天给你几块钱?"

"三块。"

…………

上面这些问题，主要是冯宏伟在回答我，也有祁玉红、李强强两个人在旁边跟着冯宏伟点头认可的。而且，因为想听到孩子们真实的声音，镇长赵金平几次插话都被我挡住了。

冯宏伟的"有时吃不饱"一句又差点让我泪目。因为临近吃午饭，我连忙掏出钱包，想给孩子们一点钱去吃一顿饱饭，但是因为自开通微信付款之后，身上平时几乎不带钱，所以只搜出了几元钱。没办法，我只好让大家借钱给我，没有想到，大家和我一样，最后只凑了十四五块，硬是塞给冯宏伟，叮咛他给他们6个人每个人加一根火腿肠。我想，起码得让孩子们中午吃个饱饭，方便面里没有多少肉，但火腿肠是肉做的。加一个鸡蛋也可以。前面，冯宏伟没有回答吃不吃鸡蛋的问题，说明他们家的鸡蛋不是吃的而是卖钱的。在冯宏伟家里，鸡蛋可能比石头坚硬，鸡蛋能碰过石头，半篮子鸡蛋就能碰飞一个饥饿的日子。冯宏伟家的鸡蛋，一个个可能都有骨头。

走时，因为我想有机会的话见一见三个孩子的父母，就要了他们爸爸妈妈的手机号码，冯宏伟和祁玉红给我写下了，李强强说妈妈的手机号码写在书本上，不知是真是假，听他这么一说，我就没有再要。

我还让三个孩子每人给各自的爸爸或者妈妈写了一句话。我不是想带给他们的爸爸妈妈，我只想知道孩子们对爸爸妈妈的思念或态度。冯宏伟写的是："妈妈，我想你了。妈妈你在外面干活幸（辛）苦，我爱你。冯宏伟"。冯宏伟写出来后，后面的祁玉红和李强强照抄了一下，我只好让他两个重新写了一遍。祁玉红重新写的是："爸爸妈妈你们是我心中的天使我爱全家人祁玉红"。李强强写的是："爸爸妈妈你们快回来吧，我爱你们快回来。李强强"。

在午饭后的座谈中，我让赵金平把想说的话说了。没有想到，赵金平手里什么资料都没有拿，竟然对六个学生家里的情况都知道。我问他咋掌握了这么多情况，像一个班主任似的。赵金平说，都是平时下乡入户了解的，上面要求扶贫干部必须这样做。

冯宏伟的父亲叫冯宝德，去年得了尿毒症去世，只活了38岁。冯宏伟的妈妈叫王成芳，自丈夫去世后，就成了家里的唯一支柱，常年在兰州安琪面包厂打工。冯宏伟的弟弟只有两岁，母亲出外打工，就留给了爷爷奶奶照看。两个老人享受三类低保，每月有318元的经济保障。

祁玉红和祁玉军，爸爸妈妈都没有外出打工，爷爷奶奶都健在，一家人团团圆圆，靠种植维持生活，日子还过得去。

李强强的爷爷叫李占魁，父亲叫李成忠。父亲以前不务正业，嗜赌成性，经过帮扶和引导已经走上了正道，现在在靖远煤矿打工。因为父母都在挣钱，李强强家2015年脱贫。

康小玉的母亲很早以前就离家出走了，其模样在康小玉的记忆里恐怕已经十分模糊。康小玉还有一个妹妹，与父亲守在家里。父亲是村里的保洁员，每月有500元的固定工资。除此而外，家里还种了六亩药材。进入冬季后，环境压力小，父亲又外出打工去了，妹妹就住在了奶奶家。康小玉家里2010年脱贫，去年是脱贫巩固户，今年是脱贫检测户。

丁艳芳的母亲叫董梅香，父亲叫丁尚华，是个上门女婿。父母常年轮流外出打工，家境一般。

几天之后回到兰州，稍事休息之后，我打算采访冯宏伟的妈妈和祁玉红的爸爸。事先，我给赵金平打电话，叮咛他一定提前给二人打个招呼，以免人家不接听陌生人电话。但是，我电话打过去以后，一个是"已经停机"，一个已经打通却被很快挂掉。过后赵金平反馈的情况是，二人都不愿意接受采访。对此，我很失落。

　　我再次见到三个孩子是在一张照片上。按照我之前在池沟小学的承诺，我从网上邮购了4本自己的童诗绘本《童年书》，分别写上三个孩子和校长刘庆海的名字，并签上我的名字，快递给了刘庆海。估摸快收到之后，我发信息问了一下刘庆海，一会儿他给我发了一张照片：三个孩子端端正正地并排站在我采访他们的那个沙发前，每人捧着一本《童年书》面无表情地看着我。

　　说实话，看到这幅照片，我心里凉凉的。我当然希望孩子们喜笑颜开，不是因为有了我的诗集，而是因为得到了一份礼物。那天在池沟小学，三个孩子自始至终没有笑一下，一直让我不能释怀。

　　孩子们缺少笑容，其实不是因为老师平时严厉的原因，贫困的生活强加给孩子们的心灵负担恐怕才是其根本的原因。孩子虽然懵懂，但忧愁还是能感知到的，尤其是在贫困里感知到的忧愁，而留守儿童更为早熟。穷人的孩子早当家，如今许多孩子都是小大人呢。

　　在几个中心小学的走访中，我忽然想起人教社三年级道德与法治课本中有一篇课文是我的一首诗，题目叫《女孩》，写的是一个失学女童想上学的事，于是我就一路打听乡村失学儿童的情况。当然，我也想与老师和孩子们分享一下诗歌。羊沙乡中心小学一个教道德与法治的青年教师告诉我，因为扶贫力度大，乡上已经没有失学儿童了。

　　实际情况是，还有一些因残疾而无法上学的孩子，但这些孩子都在学校的上门支教之列。比如秋峪村12岁的马婷，患小儿麻痹症，父母外出打工，家里只有马婷和奶奶。马婷情况特殊，羊沙乡中心小学每周就送教上门一次。

对于一个孩子来说，失学可能是其最深的梦魇。正当我行文至此，道吉才让突然发来一张照片，问我认识不认识照片上的女孩，并说他今天去给女孩送文具了。女孩我不认识，但我知道她应该是甘尼村的马小红。那一天，听说有一个叫马小红的女孩子因病辍学一直在家，我们就去看望女孩，但那天父亲带女孩去兰州看病了，家里只有母亲一人，没有见上女孩。照片上的女孩就是马小红，看上去年龄已经不小，拥着被子坐在床上，面对道吉才让喜笑颜开，根本不像是一个重病在身的人。对此，我很欣慰，因为那天在她家我一直想象她是愁容满面的。

马小红是一个命运悲惨的人。其实，今年的马小红已经是一个25岁的大姑娘了，而她今天的处境是从一个失学孩子开始的。马小红初中毕业后就嫁人了，出嫁之后婆家发现她患有心脏病，就把她退回给娘家。马小红家里4口人：父亲马升巴南、母亲马秀萍和弟弟马小彪。被婆家退回来之后，马小红做过一次心脏病手术，现在又是肝硬化前期，且已经出现腹水，所以一直在家养病。我们虽然没有见到马小红，却在她的母亲带领下见到了她的房间。那是一个典型的女孩天地，温馨、整洁而私密。马小红虽然早早就离开了学校，但她一直没有停止学习。听道吉才让说，马小红爱好文学，不但在阅读，还在偷偷地写作呢。马小红的母亲说，她天天都在写呢，但从来不给他们看。在马小红的书桌上，我看到了一本由中国青年出版社出版的《最好的短篇小说》，旁边还放着一个笔记本和一支笔。

马小红已经是一个有梦想的大孩子，而这来自她目前身处的人生困境和所要面对的生命危险。从一个小孩子一直走到绝境的马小红，无疑通过文学看到了一个未来世界。我真希望马小红做回一个失学孩子。如果能够如此，那么她的命运就应该是这样的：尽管家里很穷，但在教育扶贫的政策扶持之下，她会上完小学上高中、上大学……而不至于早早辍学在家。

马小红让我怜惜，她的弟弟马小彪却让我惋惜。听说，只有13岁的马小彪，先是逃学，然后就走上了打工之路。

有着道吉才让的牵挂，马小红似乎很幸福。在马小红正在使用的一个笔记本的第一页有道吉才让写下的一句话："赠马小红，希望你重拾生活信心，身体越来越健康，开心每一天。"这个笔记本显然也是道吉才让送的。目前，人们只能这样帮她并这样祝福她。

因疾病而辍学的孩子令人忧心。采访结束后，县扶贫办全志杰转发的几个轻松筹、水滴筹信息引起了我的注意。其中，新城镇的刘禄福为害病的11岁女儿晏永莉求助社会。父亲姓刘，女儿姓晏，这无疑是一个男人入赘建立的家庭，女儿跟母亲姓呢。刘禄福家里5口人，一个老人，已经年迈且无行动能力，他和妻子都患病，常年抱着"药罐子"，两个女儿，本来都在健健康康上学，但小女儿晏永莉也倒下了。2019年9月，小女儿因患感冒四肢乏力，到兰州就诊后查出来是颈软，救治一段时间后四肢仍然不听使唤，身体不能站立。无奈，他们又将女儿转到西安儿童医院。目前已经花了十多万元，家庭经济崩溃，无力继续给孩子看病，所以寄希望于人世间的道义救助。试想，如果晏永莉站不起来，就又是一个辍学儿童，甚至又是一个马小红；而且，她的前面还有一个上学的姐姐，如果她一病不起，又可能会拖累姐姐的前程，那就是两个失学的孩子，甚至是两个马小红。

水滴之爱，有血水，有汗水，有泪水；一滴血可能会疼，一滴泪可能会疼，一滴汗也可能会疼，但一滴水不会疼；一滴水诞生的一瞬间，就变成了一颗心，晶莹剔透，像一粒水晶。一滴水汇入江河就看不见了，但一滴水却能看见江河。

提到水滴筹，我又想到了王旗镇镇长李聚鸿。如果是一个贫困户的家庭，有人生命危在旦夕进行水滴筹人们还能理解，而一个扶贫干部因为无钱治病求助于水滴筹，那就太残酷了。但是，这就是摆在我们面前的现实：扶贫干部同样贫困，同样需要社会给予滴水之爱。

李聚鸿的水滴筹启事是以第一人称发布的，文章的后面还附了几幅图片，包括李聚鸿的扶贫工作照、病床输液情景和医院诊断证明等。我看到这个水滴筹信息，已经是2019年下半年，距离李聚鸿去世已经有一年半之久。

虽然是过去时，但其自报家门的第一句"我叫李聚鸿"就让人心酸，而当读到下面这些求助的文字时，我已经是眼含泪花："在走投无路的情况下，我们决定变卖举债购买的自住房，可是购买人的出价不够还我们的购房债。目前（我）在北京大学肿瘤医院治疗，在今后还不知道要花费多少，在昂贵的治疗费面前，我们夫妻微薄的收入是多么的微不足道，年迈的父母靠双手辛勤劳作也是无能为力。9岁的女儿坚信，只要她加倍努力好好学习，爸爸的病就会好起来！"不过，我分析这是别人代写的一篇文章，尤其是下面这一段，"生命如此美好，在这生死悬于一线的时刻，（我）向大家发出求助，希望大家能够帮帮我，救救我，别让我倒在扶贫路上，也希望没有一个人倒在扶贫路上！"

一个扶贫干部虽然已经不在扶贫的路上，但这个扶贫干部9岁的女儿还在上学的路上。

孩子因病失学让人无奈，而因懒惰使孩子失学的人却让人愤怒。长川乡千家寨村一个9岁的孩子就快成为失学儿童了。父母离异后，他的母亲就走了，家里只剩下父亲和80岁的奶奶。但是，他的父亲是一个懒汉，终日游手好闲，经常不着家，导致一家的生活陷入困境，三个人靠每人每月300元的低保熬日子。这一家的基本生活还能维持，只是他上学成了一个大问题，父亲不管孩子，而奶奶年事已高，谁来经管他上学呢？

谢天谢地，幸亏村里的致富带头人祝金江当着大家的面说了一句："我养，我要把这个娃供到上大学。"不仅如此，祝金江还想用他的合作社把全乡的贫困户都带起来。祝金江有这个情怀，也有这个能力。

在三岔乡中心小学，我跟着青年教师吴永平上门去支教。吴永平支教的对象是一个10岁的盲孩子，名叫李小军。我们进大门后，李小军就像一个小主人似的站在院子里等着，听我们进来面带微笑说"你好，你好"。这天，吴永平教的是一首歌，名叫《小螺号》。他教得很专业，热身、钢琴伴奏、练习、作品讲解和示范，一整套动作呢。吴永平教歌用的钢琴是县残联送的，即使不出声也是孩子的一个伴儿。吴永平的课程结束之后，我与李小军聊了起来。

"你现在最想做什么？"

"想把我的眼睛看好。"

"看好眼睛最想做什么？"

"念书。"

"念到什么程度？"

"就是把那些书念完。"

"你知道世界上有多少书吗？"

"不知道。"

…………

李小军很机灵，回答得很流利。其实，不仅仅是机灵，李小军一点也不害怕，显得十分老练成熟，不像别的孩子，扭扭捏捏吞吞吐吐的。也许，黑暗中的孩子胆儿大吧。问了一些问题，我忽然想起我的诗歌代表作《村小：生字课》，那几天刚被选入《中华人民共和国成立70周年优秀文学作品精选》一书，心里正高兴着呢，所以我就从手机里找出北京童书推广人刘芬的朗诵版，给李小军放了一遍。《村小：生字课》的朗诵版本很多，我之所以选择刘芬的朗诵，是因为刘芬的朗诵是童声朗诵，声音很甜美，充满快乐，容易接近儿童。但是，令我失望的是，放完之后我问李小军听懂了没有，他说没有。于是，我又给他逐行逐段地讲了一遍，他才勉强地点了点头，似懂不懂的。也难怪呀，孩子从来没有进过学校，没有见过课堂，不知道什么是生字，更不知道学生们是怎么跟着老师上课的。而且，因为双目失明，诗歌中的蛋、花、黑、外和飞5个生字和那些五彩斑斓的词组对他太陌生。不过，临走时我把刘芬的朗诵发给了吴永平，叮嘱他有空了就给孩子听听。

吴永平和李小军之间就是在"拔河"，只不过一个在明处，一个在黑暗之中，而吴永平一心想把身陷深渊的李小军拔出来。黑暗中的孩子伸手不见五指，但黑暗中的孩子可能是顺风耳，能够听得很远……

因为我把刘芬的声音带到了临潭的深沟大山里，所以当天晚上我发微信把给李小军播放《村小：生字课》的事告诉了刘芬，她回复说："真有意义！希望以后有机会也能参加。"我还没有见过刘芬呢，我也希望见到她，在中国的任何一个乡村小学。

一个诗人关于文学扶贫的一次书写不能没有诗歌的介入。这一路，我好像都在散播自己的诗了，前面是专门写给临潭的那首拔河诗，中间还提到了《女孩》，最后又牵出了《村小：生字课》，读者是不是觉得我在吆喝着推销自己？不是的，我的想法是，诗歌可以润心，也可以助力，在我的临潭行走和书写中，我绕不过我的诗，而我的诗也绕不过临潭。而且，除了我的这几首诗，我还引用了另外几位诗人的作品。一片真诚尽在诗中，在这支沉重而悲怆的扶贫进行曲中，我的诗和其他人的诗只是一种深情的伴奏或伴舞，自然而然地跟着节奏附和着旋律诠释着主题罢了。

《村小：生字课》发表20年了，诗歌里的那一群孩子始终没有长大，一直陪伴着我。看来，这首让我快乐又让我惆怅的诗，我是带不走了，而它本来就属于深沟大山，那么我就把它留给临潭的孩子吧——

蛋　蛋　蛋　鸡蛋的蛋
调皮蛋的蛋　乖蛋蛋的蛋
红脸蛋蛋的蛋
马铁蛋的蛋
张狗蛋的蛋

花　花　花　花骨朵的花
桃花的花　杏花的花
花蝴蝶的花　花衫衫的花
王梅花的花
曹爱花的花

黑　黑　黑　黑白的黑
黑板的黑　黑毛笔的黑
黑手手的黑
黑窑洞的黑
黑眼睛的黑

外　外　外　外面的外
窗外的外　山外的外
外国的外
谁还在门外喊报到的外
外　外——

外就是那个外

飞　飞　飞上天的飞
飞机的飞　宇宙飞船的飞
想飞的飞　抬膀膀飞的飞
笨鸟先飞的飞
飞呀飞的飞……

第七章

文学的光照

作家在行动，熠熠生辉的文学在光照寒冷的贫困。

「文学照亮生活」一直是作家的觉悟和信念。在脱贫攻坚战中，「作家之家」中国作家协会一直是有执念的。

无须讳言，相对于光明和温暖，寒冷的贫困现象就是世界的一个「阴暗面」，而彰显脚力、眼力、脑力和笔力的现实主义文学实践就是照亮它的一束精神之光。

作家在行动，熠熠生辉的文学在光照寒冷的贫困。

"文学照亮生活"一直是作家的觉悟和信念。在脱贫攻坚战中，"作家之家"中国作家协会一直是有执念的。无须讳言，相对于光明和温暖，寒冷的贫困现象就是世界的一个"阴暗面"，而彰显脚力、眼力、脑力和笔力的现实主义文学实践就是照亮它的一束精神之光。

2019年12月2日，据临潭县官方门户网站"临潭发布"报道，县委书记高晓东、县长杨永红前往定点帮扶单位中国作协对接帮扶工作。中央委员，中国作协党组书记、副主席钱小芊，中国作协办公厅主任李一鸣出席座谈会。座谈会上，高晓东说："多年来，中国作协对我县在人、财、物方面给予了大力支持，作家们深入脱贫攻坚主战场，讲述脱贫攻坚故事，塑造脱贫攻坚典型，记录脱贫攻坚，推介了临潭资源，为助推临潭与全国一道进入全面小康社会贡献智慧和力量。在中国作协等帮扶单位的大力支持下，我县整县脱贫摘帽、全面建成小康社会的目标一定会早日实现。"钱小芊指出："中国作协党组书记处始终坚持把脱贫攻坚对口帮扶工作作为一项重要工作，将其列入每年工作安排，进行重点研究，积极推进，选派优秀干部到临潭县挂职，坚持'文化润心，文学助力，扶志扶智'理念，积极推进帮扶项目建设，取得了一定的成效。目前，临潭县脱贫攻坚正处于冲刺阶段、关键时刻……"

这个扶贫工作对接会议，开在 11 月 27 日临潭县在北京文化宫举行的临潭县主题活动日之后。对于临潭脱贫攻坚战，这是一次历史性会议，一则，这是新一届县委、县政府班子第一次进京对接脱贫攻坚工作；二则，临近岁末年头，定点帮扶单位和被帮扶者之间必然有一些辞旧迎新的态度要明确，尤其是收官之年这一关键时刻临潭脱贫攻坚如何实现最后冲刺。

中国作协对临潭的帮扶由来已久。在挂职副县长的王志祥和担任驻村第一书记的翟民之前，是挂职县委常委、副县长的朱钢和担任第一书记的陈涛，而在陈涛之后和翟民之前，担任第一书记的是张竞。

不过，在精准扶贫之前，第一次走进临潭大地的中国作协的人是办公厅的徐光、《诗刊》编辑邹静之和《人民文学》美编杨学光。

那是 1998 年年末的一天，我突然接到邹静之的电话，说他要去临潭，希望明天经过兰州时见我和叶舟一面。我和叶舟是 1994 年第十二届《诗刊》青春诗会的学员，而邹静之是我们的指导老师，亦师亦友者自远方来，不亦乐乎！不过，第二天只见到了邹静之，没有见到徐光和杨学光。尽管那时很穷，但我还是想办法做了一次东，与叶舟陪邹静之吃了一顿火锅。见面之后，我们才知道，邹静之是中国作协派出的扶贫工作组第一批成员，将要去临潭蹲守半年哩。其时，我刚到兰州不久，还没有去过临潭，听他要去临潭，内心也是充满了向往。没有想到的是，21 年后我会去寻访他的足迹。

采写这篇稿子时，想起这件 21 年前的往事，我给邹静之发了一个短信，希望他接受我的采访，谈谈那次他在临潭的扶贫情况，或者有什么资料借我看看也可以。但是，他回复说："没有什么资料，作协送了一些书，《诗刊》发了临潭（甘南）作者的一组诗。"听说他是一个大忙人，害怕打扰他，我只好求助于当时与邹静之有交往的临潭诗人。中国作协第一批到临潭扶贫的人肯定是有故事的，而且邹静之还是后来热播的电视连续剧《康熙微服私访记》的文学编剧，知名度很高呢。

我找到了在临潭县公安局工作的诗人葛峡峰。诗人讲述诗人的故事总是津津有味。葛峡峰说："那一年，邹静之老师来了之后住在临潭宾馆。当年的临潭宾馆是一座四层楼的建筑，陈设简陋，连洗个热水澡都有困难。一天，我同牧风、唐天三人相约去看邹老师。到了宾馆后，邹老师亲切而热情地接待了我们，详细询问了我们的创作情况，还谦逊地向我们三人打听当地的掌故和人文历史。走时，邹老师让我们收集一些当地作者的作品看一下。我们欣然应诺。"

葛峡峰还讲了一件邹静之遇险的故事。他说："那天见过邹老师的第二天，我们一伙人乘坐一辆租来的'五菱宏光'小客车，从临潭出发去卓尼的牙如寺。途经羊永路段时，一辆背向行驶的车辆弹起来一粒石子，击碎了我们车辆的前挡玻璃，顷刻使'五菱宏光'成了一辆敞篷'拖拉机'。当时，凛冽的寒风吹在脸上如刀子一般，我赶紧脱下棉大衣让邹老师穿上。此时，一脸尘土的邹老师仍然谈笑诙谐风趣，活脱脱一名赴案发现场的老公安。途中，我们参观了临潭县术布乡牙关村九眼泉瀑布、车巴沟贡巴寺院和藏寨。每到一处，邹老师总是一边仔细地聆听一边思索着。高原的天黑得早，5时许我们返回临潭，途经古尔占村牧风家时，牧风热情地邀请大家到他家做客。在其有着藏族风格的家中，牧风拿出压在箱底的藏服，让邹老师试试。只见他穿戴整齐后，有模有样走了几步，然后与我们合影留念。到了临潭旧县城洮州卫城后，已经是傍晚时分，我们就在一家小饭馆吃了一顿饭。让我们不好意思的是，饭后邹老师不但坚持埋了单，还给车主支付了租车费，补偿了损坏的玻璃。"

葛峡峰说，那天之后，他和牧风还去过几回邹老师的住处。其中一次，是送去了甘南诗人的诗稿，听了老师许多宝贵的意见。见老师正在创作《康熙微服私访记》，不敢多留，他们就告辞了。

葛峡峰记得很清楚，1999年5月的一天，牧风兴冲冲地捧着当年的第5期《诗刊》，远远喊着："我们的诗歌发表了，我们的诗歌发表了！"

这期《诗刊》用12个页面给甘南诗人编发了一个专辑《甘南青年诗人们的歌》，作者有扎西才让、敏彦文、李志勇、阿信、葛峡峰、杜鹃、唐亚琼、牧风、拉木栋智、流石和薛兴等11人。此前，除阿信参加过《诗刊》青春诗会而外，只有几位甘南诗人在《诗刊》上零星地发过作品，以专辑的形式集中亮相这还是第一次。《诗刊》是不会轻易给谁这种待遇的。在这个小辑的编者按中，邹静之对每位诗人都做了简要的点评。邹静之说："我作为中国作家协会扶贫工作组第一批成员去临潭，行前，《诗刊》领导嘱咐，说要发挥文化扶贫的优势，要关注和发现当地的青年诗人。"他最后写道："这次到西北扶贫半年，最大的收获之一就是知道在最为贫困的甘南地区，还有如此精神高洁的年轻诗人群，他们的诗，或许会为《诗刊》带来清新的风气。其实，最应该感谢在贫困地区那么执着地写诗的朋友们，也希望全国各地的朋友们能够关注他们。"就是在这个卷首语里，邹静之也提到了经过兰州时和我与叶舟相聚的事情。

国刊推举的影响力无疑是很大的。《诗刊》这期的《甘南青年诗人们的歌》是甘南诗群形成气候的一个重要标志，而扶贫干部、诗人邹静之是一个重要推手。临潭是一个文学富矿。邹静之发现了临潭的诗人，同时也发现了诗歌里的临潭。

去临潭不读临潭诗人的诗是不行的。扎西才让就是一个从临潭走出来的诗人，在临潭小有名气之后，因为工作调动才到了合作。扎西才让一路走来，及至甘肃"文学八骏"评选时，蝉联两届"甘肃诗歌八骏"之后，最终以第一名的显赫位置领军"甘肃诗歌八骏"方阵。20年前，在《诗刊》这期甘南青年诗人作品专辑里，扎西才让的一组诗被放在了头条位置，足见其在邹静之心目中的分量。下面，我选其二首，权当我们借助诗歌了解临潭。

第一首诗《雪猎》：

轻的枯枝和聋的硬土

更冷漠的北风

经历过盛衰年代

阳光避开凹陷地带

冬天哪

你要吹响我的衣襟

我尝试着熟悉它们：
一行野猪的蹄印。一摊
冻僵的唾液
或者一种逝去的粗野嗓门

虚无哇！是谁掩盖了这里的事物
包括草，包括石头

是谁命令：暴露……
彻底暴露！暴露到一无所有

第二首诗《哑冬》：

哑的村庄
哑的荒凉大道
之后就能看见哑的人

我们坐在牛车上
要经过桑多河

赶车的老人
他浑浊之眼里藏着风暴

河谷里的水早已停止流动

它拒绝讲述荣辱往昔

雪飘起来了

寒冷促使我们

越来越快地趋向沉默

仿佛桑多河谷趋向巨大的宁静

　　读了这两首具有连续性的诗，去过临潭的人，能感觉到诗人写的就是临潭那一带的黑山白水；没有去过临潭乃至甘南的人，也能感觉到一种悲凉的心境和一个狂野的青藏高原。

　　临潭诗人牧风的《鹰》写的是一种寄托和向往——

以一种图腾的形象

滑翔的英姿

展示一种天人合一的暗示

你是天地的造化

自然界的精灵

有些时候

我为一种孤独的飞翔

而莫名地伤神

向往神鹰

　　其实　我是为了寻觅一种梦境

　　格桑和马兰的浅笑

　　湮没了鹰翅的苦难

　　湛蓝的天空

　　神谕的指使

　　令你像一个捉摸不透的暗魂

　　在暴风雨莅临时

　　迎空高歌

　　继《诗刊》甘南青年诗人专辑之后，《文艺报》又力推了一次甘南诗歌。2013年10月18日，《文艺报》以一个整版的规模发表了青年评论家高亚斌近万字的评论文章《甘南诗歌：六个关键词》，文章以牧风、扎西才让、王小忠、瘦水、花盛和陈拓《六个人的青藏》散文诗合集为研究文本，全面而透彻地解析了6位甘南青年诗人散文诗的艺术个性和造诣。其中，除瘦水而外，其余5人都是临潭籍诗人。文章用"行走：与土地对话""吟唱：以诗的形式""仰望：谦逊的姿态""沉思：巨大的宁静""祈祷：宗教的情绪"和"怀旧：感伤与挽歌"6个关键词组勾勒了临潭青年诗人的创作追求。文章认为："《六个人的青藏》从一个侧面折射出了甘南藏区人们真实的生存状态和生命状态，它如同六片鲜活生动的叶子，只要你认真翻阅它们，也许就会发现时光和人生的秘密。"

　　临潭是一个造就诗人的地方。朱钢到临潭挂职扶贫之前，还是一个只会把照片说明文字分行排列的摄影爱好者，但让人惊奇的是，在临潭山路上修炼了几年诗歌的"回车"，他突然成了诗坛一匹无拘无束的黑马。如今，人们连他的本名都不叫了，而是叫他诗人的名字——北乔。这种"冬虫夏草"式的生命蝶变，当然是因为他在临潭的文学富矿里淘到了人生的真金白银。几年来，虽然人到中年，但北乔的创作却呈现一种青春期的井喷状态，不论是诗歌还是散文，思想的，历史的，文化的，民俗的，都没有离开临潭寸步，他俨然成了临潭的文化代言人。我们无须怀疑北乔的文化野心，他所秉持的只是一种扶贫雄心。

北乔的诗歌代表作《临潭的潭》对临潭久远而深沉的潭极具想象力，让我们能在一种时空交错的穿越里感受到一个潭的前世今生：

　　　　海是高原的祖先，如今
　　　　我们总会说，高原像大海
　　　　山，心神不宁

　　　　遥远传说的脸庞像格桑花，随风飘摇
　　　　店铺招牌上的魏碑汉隶，如同
　　　　一位老者的背影，从不转身

　　　　一头羊伫立在水泥路上
　　　　我不知道它是找妈妈，还是
　　　　来安慰失去的草场

几位姑娘哼唱洮州花儿
一辆马车擦肩而过
车上的老奶奶正用手机在通话

临潭原来有潭，只是
早已化在隋唐烟火风尘里
和水中的月亮一样，婉约，惆怅

大坡桥下的干沟儿河
干枯地爬向远方的远方
想象潭，母亲的守望

我站在月光下
手里的一块石头
飘忽着贝壳的柔光

　　此外，北乔还给临潭县的店子、八角、三岔、新城、羊沙、长川、术布、卓洛、羊永、流顺、古战、洮滨、城关、王旗、石门和冶力关16个乡镇各写了一首诗，像诗人在16个乡镇的诗意留影或精神定位。这组诗就是组诗《临潭地理》，16个乡镇的16首诗的题目分别是《嗨，店子》《醉八角》《朝向三岔的风》《新城，或洮州卫》《深山卧羊沙》《长川：高原行吟诗人》《想起术布时》《卓洛，我想描述你》《羊永，一种意向》《流顺的时光美学》《古战，走过想象的现实》《洮滨，我想去的地方》《从洮阳走来的城关》《王旗：遥远有多远》《石门：金钥匙给了谁》和《我在冶力关》。仅从这些诗的题目看，诗人苦心孤诣的心思一目了然。临潭16个乡镇之间的道路是崎岖闭塞的，但一个扶贫干部为我们架起了一条直抵心灵的栈道。

临潭的文学部落正在崛起。北乔不仅在进行自我塑造，还在接力塑造文学的临潭。为了积蓄临潭扶贫的精神力量，北乔把临潭的文学家底做了一次全面的盘点。在新中国成立70周年之际，北乔带领临潭县文联主席敏奇才主编、出版了三卷本的《临潭的温度》（作家出版社），集中展示了临潭70年的小说、散文和诗歌成果，而由其二人策划主编的《临潭有道——临潭县脱贫攻坚作品选》（作家出版社），则紧紧围绕脱贫攻坚做足了精神层面的文章。这些可以当枕头枕的重要文献，足以让临潭人从此高枕无忧。诗人北乔的这些贡献，使扶贫干部朱钢于2018年9月被甘肃省评为"先进帮扶干部"。

认真践行中国作协扶贫理念的当然还有陈涛。在临潭采访中我听到，陈涛到冶力关镇后，为了开展助学支教，自费买了一辆大摩托车，把冶力关远远近近的学校跑了一遍。那辆摩托车是鲜红色的，是陈涛的交通工具，也是陈涛的精神伴侣。这辆摩托车，距离陈涛的第一辆摩托车已经有15年之久。在家里的时候，他曾经有过一辆绿色的摩托车，但自从走进京城之后，就再也没有骑过摩托车。到了冶力关后，山大沟深，路长腿短，加之孤独寂寞，工作、生活都需要，所以他又回到了摩托车时代。青涩的绿和鲜艳的红，无疑是陈涛人生两个阶段心境的底色。这几年，陈涛在冶力关做的一些事我都是知道的，比如邀请我们之后的鲁院学生到冶力关采风，出版作品集，发动作家给学校捐赠文具和书籍。

作家陈涛的"润心""助力"扶贫密切关联着人的教育问题。在临潭，陈涛写了一个系列的纪实散文《甘南乡村笔记》，发在《人民文学》等刊物上，读者反映不错。其中有一篇发在《福建文学》2019年第1期的《山上来客》，就是一篇让人读了有撕裂感的作品。《山上来客》的故事是这样的：山上贫困村的一个女人，在缴纳医疗与养老保险费时得了工作人员错找的600元，被工作人员发现上门追讨时，为了挽回自己的面子，不但不承认错误，还百般抵赖，虚张声势，演出了一出出闹剧。尽管这是一个贫困而又没有文化的女人，但在与几个乡镇干部的"交锋"中受到了教育，终于意识到自己的错误。于是，作者在作品最后写道："当我再次看到那个女人时已是冬月了，那个正午的阳光很暖，她领着孙子在河边集市买当地的啤特果，依然是戴着那条土黄色的头巾。她选中了四个，付钱的时候跟对方讨价还价了一番。孙子趁她不注意，伸手抓了一个，结果没有拿住掉在地上，原本就软的啤特果变成了一摊果泥。女人狠狠地打了他的手一下，拉着就走，孙子哇的一声号啕大哭起来，哭声洪亮，撕心裂肺，但终究还是淹没在集市嘈杂的声浪里。"

以往，可能是大人平时不注意自己的行为，让一个小孩子竟然也有了伸手拿别人东西的不良习惯。所以，这个女人的这一巴掌，虽然打的是孙子，但归根结底打的是自己。当文化成为贫困者的主心骨，那她就会自己站起来。

安静而细心的陈涛看到了这个女人精神的变化，所以他的心情非常好，正如"那天正午的阳光很暖"一样。当苦涩的生活都变成了作家内心的事物，生活就是很温暖的。

"这段时光，让我学会了如何在生活的内部去生活，如何更好地面对、处理生活的疑难，如何小心翼翼地探索生活与人性的边界，我要感谢这两年生活的馈赠，让我在今后的人生之路中永怀一颗静默、敬畏之心。"陈涛说。

不仅是陈涛一个人得到了诸多"生活的馈赠"，中国作协几位先后到临潭挂职的人都有不小的精神收获。虽然只是挂职，但到了临潭，他们都深扎了下去，没有当局外人。

"能参与伟大的脱贫攻坚战是我的荣耀。三年的挂职，我与乡亲们的心贴得更近了，对基层干部的酸辣苦甜有了更多的体验和了解，对习近平新时代中国特色社会主义思想有了更深层次的领会和体悟。"2016年9月至2019年9月挂职临潭县委常委、副县长的朱钢说。

"回来后，熟悉的地方，熟悉的人经常在我脑海一一出现，在北京的我，想临潭了，想冶力关了，想池沟村了。"2017年7月至2019年7月担任冶力关镇池沟村第一书记的张竞说，"两年里，我与乡亲们同在脱贫攻坚第一线，有奉献，更有收获；有苦涩，更多的是意料之外的充实。"

2019年7月刚刚担任冶力关镇池沟村第一书记的翟民说："从今年7月到今后的两年，我回到农村，来到甘肃甘南临潭池沟村，这对于我来说，既是一种生活的重新体验过程，也是一种灵魂的再洗礼。绝不让全村244户任何一户掉队，对待他们，就像对待我家乡那些仍然贫困的亲人。"

"我是农民的儿子，曾经的贫困让我刻骨铭心。如今在临潭挂职扶贫，面对这里仍在贫困线上挣扎的父老乡亲，我感同身受。我决心与临潭广大扶贫干部一道，将他们带出贫坑。"初来乍到的王志祥说。

李敬泽2019年7月到过一次冶力关，他发现了生活底层的"新人"："对我来说，甘南三日是重要的，它让我想起那些先辈。你意识到世界在你眼前扩展，呈现出新的面貌。这里是一个个具体的人，他们是平凡的，忙于自己的生活和工作，也有自己的矛盾和烦恼，但同时，这些人正在创造历史，他们正为国家和民族的未来而奋斗。他们本身是'新人'，他们也正在为未来的'新人'创造着生活的和历史的条件。"

中国作协办公厅主任李一鸣兼任中国作协扶贫办主任，是具体抓扶贫工作的部门领导，对于中国作协在扶贫方面所付出的人力、财力和智力他一直了如指掌。他如数家珍地说："临潭集聚着中国作家协会的心血。1998年，经国务院扶贫办确定，甘肃省临潭县被列为中国作协对口帮扶的国家级扶贫开发重点县。多年来，中国作协高度重视做好对口扶贫工作，用心用情用力对口扶贫……"关于几位赴临潭挂职的同志，他介绍说："挂职期间，他们克服家庭困难以及高原恶劣气候条件给工作、生活带来的不便，按时到岗，认真履行职责，深入调查研究，了解当地人民的实际困难和要求，并及时反馈汇报，为制定相关扶贫实施方案和规划出谋划策，充分发挥单位优势和个人特长，树立了中国作协挂职扶贫干部的良好形象，为临潭县的扶贫工作做出了积极贡献，得到了甘肃省、州、镇和村干部群众的称赞。"不仅如此，2019年中国作协还被甘肃省评为"中央国家机关脱贫攻坚帮扶先进集体"。

　　绿色的文学正在临潭生长，而中国作协是一台播种机。年末，2019年《收获》文学排行榜发布，因为临潭作家丁颜的中篇小说《有粮的家》榜上有名而引起了甘肃文学界的关注。丁颜的上榜理由是："《有粮的家》写的是甘肃回族地区'永泰和'粮号的乱世遭际，却令人欣喜地避免了汉文化传统中熟烂的以相互倾轧为主题的家族叙事，而是写出了一群有信念的人在生死边缘的相互扶持与守望。作品的信仰、忠贞以及平等，超越个体，也超越时代，深深扎根于赖以生长的那个民族的血缘之中。"在我看来，要探究临潭贫困的根源和20多年的脱贫之路，丁颜的这个小说是必读之物。

　　此前，我还不知道丁颜其人，看到消息后，因为正在关注临潭的方方面面，我也很兴奋，于是找几个人详细打问了一下。丁颜，中学毕业于临潭县回族中学，后考入甘肃农大，系临潭县一个事业单位职工，现在中央民族大学读研究生，一边学习，一边写小说。丁颜上过学的临潭县回族中学，就是我从卓洛乡返回县城时经过的那个学校，王志祥和文东海还在校门口附近扶起过丁颜的两个小校友呢。一所其貌不扬的中学，竟然出了这么一个优秀的文学才俊，可喜可贺。

　　丁颜可不是一鸣惊人，在登上《收获》这个排行榜之前，她在创作上已经有了一个不错的成绩单。在扎西才让担任主编的"甘南作家"新媒体，我看到丁颜的创作简历："丁颜，女，东乡族，1990年12月5日生于甘肃临潭，短篇小说见于《天涯》《民族文学》《回族文学》《上海文学》《青年文学》《长江文艺》和《作品》等刊物，著有长篇小说《预科》《大东乡》等。"在当代中国文学出版领域，这些刊物可没有一家逊色的。

　　年轻的丁颜在提升临潭的文学海拔，也在改写临潭的当代文学史。中国文学重镇《收获》的文学排行榜可不是一个一般的看台，临潭青年作家丁颜登上去，那可不仅仅是临潭人的荣光。在我记忆的视野里，丁颜不一定是第一个登上此榜的甘肃作家，却肯定是第一个登上此榜的甘肃女作家，而且还是一个年轻的90后。

　　中国作协在临潭安营扎寨，不仅是临潭作家之福，而且是甘肃文学之幸。2015年，"中国作家协会冶力关文学创作基地"成立时，中国作协党组成员、副主席阎晶明还专程到冶力关授牌。一个国家级文学机构，守在一个地方进行长久的精神滋润，必然会催生一片生机勃勃的生命。据敏海彤、王丽霞和敏奇才三人提供的资料显示，近10年来，在中国作协的扶持下，临潭县在文学活动方面，举办了"助力脱贫攻坚文学培训班"，发现培养了丁颜、黑小白、赵倩、梦忆、丁海龙等一批新生代作家；邀请国内作家到临潭采风，出版了《爱与希望同行——作家笔下的临潭》（作家出版社）；扶持当地作家出版了《杏香园笔记》《高原时间》《转身》《纸上火焰》和《甘南诗经》等文学著作。在甘肃，临潭县文学创作空前活跃已经是一个有目共睹的事实。其间，临潭的作家、诗人在《中国作家》《民族文学》《诗刊》等国内数百家报刊发表了大量作品，出版了《大东乡》《低处的春天》《那些云朵》《六个人的青藏》《缓慢老去的冬天》《葛峡峰诗选》《从农村的冬天走到冬天》《长途》《白岩诗集》《洮河渔歌》和《雪野履痕》等作品集。其中的一些作品，还获得了甘肃省委、省政府颁发的敦煌文艺奖和甘肃省文联、甘肃省作家协会颁发的黄河文学奖。临潭的这些作家和作品都是临潭宝贵的精神财富。对于一个文化大县，中国作协无疑为其注入了新的文化血液，使临潭拥有了更为丰厚的文化底蕴。

在脱贫攻坚战中，临潭县的作家是最接地气的书写者，他们作品中的临潭故事，激励着广大扶贫干部和贫困群众共同致富奔小康。在临潭县扶贫文学作品集《临潭有道》中，我们看到敏海彤、敏奇才、王丽霞、禄晓凤、卢丰梅、李雪英、刘满福、张彩霞、高金慧、马俊平、梦忆、花盛、马廷义、黑小白和王鑫等一些当地作家，对家乡最基层的扶贫都有鲜活生动而真诚的讲述和礼赞。

当地作家塑造的人物形象令人难以忘怀。他们是作家，也是扶贫干部。敏奇才在散文《帮扶记》中写到自己：

> 今晚，当提笔写下李晒来一家的这些情况留存记忆时，我的心难受到了极点，完全没有了睡意。我知道，休息不好，我的哮喘和肺心病就会加重。妻子拿来速效救心丸和安神补心丸放在电脑桌上，说快休息吧，这样愁着是解决不了问题的。我知道我今晚必然没有一个好心情。

中国作协驻守临潭助力脱贫攻坚，不仅为当地作家长了精神，当然还为当地作家指出了"点穴式"扶贫的方法。在这里，"今晚必然没有一个好心情"的作家，定然会有一个深沉的情怀。

敏海彤的散文《初心与坚守》开篇这样写一个兽医站站长：

> 一个匆忙的身影背着药箱疾走在空茫的乡间山野里；

　　一个匆忙的身影背着药箱疾走在泥泞不堪的村道上；

　　一个匆忙的身影背着药箱在空苍苍的夜色里急着回家。

　　这个匆忙的人就像蜡烛一样默默地燃烧着自己，却无私地照亮了他人，他就是羊永镇畜牧兽医站站长魏永红。

　　在临潭，因为一半的乡镇处于牧区，家畜比人多，所以一个兽医可能比一个给人看病的医生忙碌。作者以这种排比句式写一个兽医，无疑是铆足了心力。

　　和我一样，王丽霞也写到了冶力关的邢八英，不过她的文字更具现场感，更见女人写女人的味道。她的《邢八英盖房》一开始就呈现邢八英盖的房子：

　　傍晚，晒场上。

　　邢八英帮邻居家粉完牛草，背起背篓，沿着整洁的水泥路赶往家中。步入大门，整洁的庭院、崭新的太阳能暖廊映入眼帘。窗明几净，朴素温馨。"阿妈，夜饭想吃啥？"女主人拂去满身灰尘，笑问正在暖廊中晒太阳的老婆婆。

　　眼前这个温馨的农家小院，就是邢八英在丈夫服刑期间独自撑起来的家。多么不易，一个刚强的女人就是这样战胜了贫困，内心蓄满了生活的阳光，静静等待自己出远门的爱人。

　　这段文字，能让人感受到作者的温度。

　　一些文学作品还是群众自己创作的，比如花儿。源远流长的花儿是群众自己的文学。临潭是洮州花儿的故乡，随口就唱需要文学的天赋，更需要生活的赐予。诗人花盛为我们记录下了护林员老孙即兴唱的一首扶贫花儿：

红细柳的一丈杈，
如今变化实在大，
扶贫政策把人人都没忘下，
叫我们父老乡亲都富下。

镰刀割下草着呢，
环境保护搞着呢，
搞得稀不好着呢，
野鸡兔子林里跑着呢。

线杆儿捻麻线着呢，
小康村天天建着呢，
新房子一排排站着呢，
就像把好日子盼着呢。

"人生，最糟糕的境遇不是贫困潦倒，不是厄运连连，而是精神、心境和梦想背道而驰。"这是《临潭有道》一书中马俊平在题为《身残志坚的追梦人》文章中的一句话。文章记述的是临潭县恒达商贸有限责任公司党支部书记敏永杰的事迹，作者由主人公人生境遇折

169

射出来的哲学思考和观点，可以说适合所有在逆境中挣脱贫困羁绊的临潭人。由此，我想起一位哲人说的一句话："贫穷本身并不可怕，可怕的是自己以为命中注定或一定老死于贫困的思想"。富兰克林的这句话和临潭人马俊平的话，二者所揭示的都是一个普遍存在的"人穷志短"的人性弱点，而所引导的也都是"人穷志不穷"的精神志向。

对于负荷沉重的临潭，文学是轻灵的，但对于作家，临潭和文学都是沉重的。拥有作家并被文学照亮，是临潭人的福祉。如果有一天，临潭人能够随手捡起这些心灵的碎片，并把它们拼接起来，他们就能看到一个美好的愿景。文化与文学是"内生动力"的能源，可制造输送新鲜的精神血液，而中国作协扶贫理念"文化润心，文学助力"的本质就是关于一种生活理想的扶持：先扶起临潭的作家，创造不尽的"内生动力"，然后扶起临潭人的精神。

临潭的潭肯定还在临潭，但临潭的潭可能已经在文学之中。作家让临潭人看见了临潭，而文学让临潭人看到了希望。穷则思变，需要的就是一种不甘贫困的精神。

因为还没有实现最后的冲刺，临潭的脱贫攻坚还在路上。11月初，我接到了中国作协创研部的邀请，赴海南出席第四届中国文学博鳌论坛。会议给我确定的话题是"历史视野下的脱贫攻坚与新农村书写"。我很高兴谈论这样一个重要的国家话题。经过一番思考，我准备的发言稿是《有向度有温度的精神坐标和温度计——从国家级贫困县临潭说文学书写》。我认为，将现实的贫困放在历史视野下审视，是对脱贫攻坚这一民族大业认识上的最高站位。我的理解是，贫困是人世间的一种寒冷，可以说是"冰冻三尺，非一日之寒"，所以它是历史性的而不是季节性的。也正因为如此，精准扶贫目前的现实是：贫困根深蒂固，而扶贫艰苦卓绝。

临潭的贫困离不开甘肃的贫困，临潭的扶贫也离不开甘肃的扶贫。在新中国，甘肃的贫困和贫困的甘肃具有代表性。山大沟深、偏僻闭塞和交通不便，这些客观的存在几乎成了甘肃贫困的根本原因，自然同时也成了现实中甘肃"天生贫困"的主要借口。但是，人们都自觉或不自觉地忽视了甘肃贫困的一个历史成因——巨大的历史欠账。其中，既有国家的，又有地方的。因为幅员辽阔、地理战略空间大等原因，甘肃一直是国家战略的试验场和内地得以发展繁荣的地理屏障。

在历史视野之下说话，必须尊重历史。在博鳌论坛的发言中，我回望了在临潭扶贫采访的全过程，而这里有必要进行一次归纳回放。在历时45天走完了临潭的16个乡镇之后，我看到了现实中残酷的贫困，也发现了历史中贫困的踪迹。如前所述，在甘肃，戴着"苦瘠甲天下"穷帽子的地方不仅仅只有定西，而临潭县就是另外的一个苦瓜。临潭的贫困有地理位置的因素，但更大的因素是在历史中留下的人为的"穷根"。远的不说，仅仅从当下临潭人的历史说起，其贫困就已经是根深蒂固。明洪武年间，因沐英将军驻守边关而迁移到临潭并落地生根的江淮人，历经明、清和民国三个时期，不但没有解决贫困问题，反而因为国家性质和国力衰竭等原因而使贫困的根子更加顽固，以致后世积贫积弱积重难返。

临潭如果要摆脱贫困，需要在文化根本上进行扶持，而中国作协的扶贫无疑是找对了地方，临潭人也是等来了自己该等的人。所以，我很赞赏中国作协在临潭所坚持的扶贫理念：文化润心，文学助力，扶志扶智。不进行这种"点穴式"精神扶贫，各方社会力量在临潭援建的那些美丽的江淮风格的新农村，无疑就会成为没有人间烟火的空壳子。

临潭的扶贫亮点，除了文化扶贫，还有易地搬迁。因为易地搬迁扶贫，临潭才有今天遍及全境的美丽乡村。在我看来，除了气候条件，临潭乡村的美丽之处一点也不亚于海南博鳌镇。在海南博鳌论坛期间，我有幸与几位当地的作家聊起扶贫，大家对于在什么地方扶贫有一个共同的认识，这就是，土地是农民的命根子，扶贫绝对不能离开土地。海南的朋友说，博鳌镇有一个村子，十几年前，农民出于眼前的利益，把土地都转让给了一家公司，进城买房过起了城里人的生活。但是，这些农民很快把钱花完了，无法继续在城里生活，又回来找公司老板要钱。老板无奈，又掏了一次腰包。农民会不会再回来要钱，谁也不知道，但从此潜伏下来一个不稳定的社会因素却是可以预见的。所以，对农民的扶持必须在农村进行，不能把农民连根拔掉，只有如此，扶智扶志的扶贫才能发挥作用。在这一认识上，临潭人是非常理性而智慧的，对于需要搬迁脱贫的农民，没有把他们像羊群一样都赶进城里，而是就近搬迁安置，让农民易地而不远离本土。在临潭，采访几个易地搬迁的村子时，我发现几个新村子都能看见原来的老村子，而群众赖以生存的土地当然还牢牢地攥在群众手里。这一扶贫结果，可能是临潭人最大的福祉。

中国作协尽管也给予了临潭很多的资金扶持，但在物质扶贫和精神扶贫之间，其寄予希望的还是"点穴式"精神扶贫；物质扶贫虽然能解决或满足一些当前急迫的问题和群众的生活需求，却不是长久之计，而精神扶贫才是化育人心提振精神扶智又扶志的终极关怀。

对扶贫的认识深度决定着扶贫的书写高度。精准扶贫以来，我先后在甘肃的临夏、陇南、天水、陇东、河西和甘南进行定点扶贫或扶贫采访，对甘肃的贫困现状和扶贫工作有着一个由点到面的比较全面的认识。这不是自诩而是自信。因为一种文学初心，我的扶贫书写一直秉持在场的现实主义文学立场。2014年在陇东，我写下了万字随笔《七月流火走庆阳》；2016年在陇南，有我300余行备受关注的《陇南扶贫笔记》系列组诗；2019年夏天在天水，我又写下了万字随笔《访贫黄帝故里》和一些诗歌。而在这次临潭采访中，发现精神失落同样是临潭人的心结之后，在动笔创作长篇报告文学之前，我先写了长诗《在临潭我就想撸起袖子拔河》，一经在临潭县扶贫办建立的微信群里发出就被广泛转发。我不是在一路炫耀，采访临潭的那些天，临潭人谈论的都是我的这首诗，以及由诗而引起的拔河，由拔河而引起的扶贫。由此，我知道了扶贫书写应该持有怎样的一种情怀和姿态，而这首关于拔河的长诗无疑给我的《拔河兮》定下了基调。

精准地讲述中国的扶贫故事，是作家的历史使命和时代责任。当初，共产党的革命初心就是为占大多数的穷人谋幸福。新中国成立后，跟着共产党闹革命的穷人翻身做了主人，但其中的一部分一直没有摆脱贫困。所以，精准扶贫是一次初心再现，而与之匹配的直击人心的现实主义文学则代表着一种天地良心。"作家之家"中国作协的"点穴式"精神扶贫给我的启迪是：人民如果赐予我们一种"扶贫文学"的话，它应该是一种深于贫困而又高于扶贫的有向度有温度的精神坐标和温度计。

事实表明，一个接近许多临潭人梦想的"小临潭"正在崛起，这就是中国西部最著名的旅游景区之———临潭县旅游产业龙头冶力关镇，而池沟村又是一颗耀眼的明珠。

冶力关面向外面世界的大门，也是借助文学的臂力打开的。2005年初夏，作家陈世旭抵达鲜为人知的冶力关。作家不仅看见了一个杂草丛生的荒蛮世界，还看到了一群几乎与世隔绝的孩子。于是，作家写下了一篇《冶力关的孩子们》，发表在当年的《人民日报》副刊《大地》上。这篇记述冶力关的孩子们对世界向往的美文，一下让世界看见了冶力关。许多年过去了，许多冶力关人还记着有陈世旭这样一位作家。

但是，外面的世界清楚地看见了冶力关，而冶力关还没有完全看见外面的世界。

2018年5月24日，十九届中央委员，中国作家协会党组书记、副主席钱小芊奔赴冶力关镇，与中国作协的挂职干部朱钢、张竞二人会合，开展对口帮扶工作调研。当天上午，钱小芊一行在冶力关镇召开了一个重要的座谈会之后，又给临潭县捐赠代培教师费用300万元和脱贫攻坚资金200万元以及一些图书。而当天下午，钱小芊一行又深入自己的扶贫点池沟村，调研了池沟村生态文明小康村建设、农家乐经营发展等工作情况，看望了池沟小学师生和池沟村几个贫困户。2019年6月4日，临近脱贫攻坚收官之战，钱小芊带领办公厅主任李一鸣和《文艺报》总编辑梁鸿鹰等人再次来到冶力关，为临潭鼓劲加油。平时就一脸严肃的钱小芊，当然也没有忘记从政策到工作严肃认真地叮咛一番。也就是这次，钱小芊带来了中国作协为临潭出版的《爱与希望同行——作家笔下的临潭》一书，为临潭脱贫攻坚战场送来了必需的精神粮草。

中国作协对临潭怀有无限的期许。作家们的爱和希望都在笔下，池沟村的巨大变化和发展前景让人振奋，而美丽的临潭更是令人充满了向往。

池沟村是一个让人流连忘返的地方。"池沟模式"极具示范意义。在"易地搬迁＋生态文明小康村＋乡村旅游＝池沟村"这样一个庞大、复杂的加法实践过程中，无疑也倾注了中国作协的科学发展观和作家的文化理想。在一面粉墙灰瓦的外墙上，由陈涛创作的《池沟赋》格外吸引人，其篇幅虽然不长，但钩沉历史、描画现实、呈现愿景，辞婉而意切，赋旨沁人心田，堪作一部池沟村的简史来读。

无须我再来费力描述，走进临潭，在冶力关，在池沟，作家们的发现新奇而又生动，笔下的人文胜景美不胜收。作家们不仅仅是妙笔生花，更重要的是得到了心灵的感应。江苏作家杜怀朝在一篇文章中这样理解自己在池沟所见所思："在池沟村口，我们看到了诗人吉狄马加的题词'中国乡村旅游模范村'。对于'模范'这两个字，我读到了不同寻常的人与自然相互关系的生态内涵。村口前面就是澄澈清凉的山泉，从大山深处蜿蜒而来，哗哗的水声，似战鼓，似马群，似奔驰的列车，正冲向山外的世界。"

作为临潭脱贫攻坚的重要成果，"中国乡村旅游模范村"这一金字招牌，可不是吉狄马加一人给池沟村所赐，而是国家旅游局2015

年评定的全国1065个村庄中的一个，其文化含量大着呢。

陕西老作家孙见喜则以诗歌写到了《池沟的水》——

曾经是泪的集合，

曾经是漫流的洪波；

曾经印满西行的蹄印，

曾经的曾经——

重叠着遥远的干涸……

而今——活脱脱新生了，

这个叫池沟的村社！

涟漪透明着老柳的根须，

四季的清流把庄稼人激活。

洗衣娘子笑说着爷的水磨，

淘菜的村姑唱着明天的歌。

阳关曲中飞来了小鸟，

老狗不再吠叫西行的骆驼……

虽然，牡丹年年把春风错过；

虽然，祖母夜夜要把土炕烧热；

可那不是古道瘦马的延续，

更不是枯树昏鸦的旧诀。

小学校的粉墙上有先哲的遗训，

子曰诗云洗涤着后生的魂魄；

池沟村的人们哪，

知道清流的旋律来自源头的歌……

作者最后一句"池沟村的人们哪，知道清流的旋律来自源头的歌"的深情抒怀，无疑道出了今天池沟村的来历。看来，临潭的潭就在文学之中，它就像池沟村的泉水一样，是一股奔腾不息的源头活水。

美丽的池沟村，已经是一个作家的村子，堪称中国作家第一村。中国作协的扶贫点当然要有国家意识。在自己的这个扶贫点上，中国作协也援建了一个国旗旗坛，地点就在村委会门口，白色大理石砌就的台基和护栏，中间竖立着一根笔直的不锈钢旗杆，给人感觉甚是威仪和庄严。翟民说，一般在党员活动日，每月6日，以及举行党员其他会议的时候，他们都要升国旗。

一点不难想象，每次升国旗的时候，扶贫干部必然也是心旌飘扬，精神振奋。

中国作协的新村干部翟民很忙，因为是老朋友，我几次叫他到兰州一聚，他都说，来不了，哪里都不能去。而到了年末，我又问他在池沟村吗，他说，当然在啦，估计很晚才能回北京。

临潭的潭有多深，临潭那根拔河的绳子就有多长，同时那根绳子上就会凝聚多少拔河的人。拔河的绳子是有记忆的，比如最初的结绳记事，所以临潭600年的绳子会记住每一个拔河的人。在池沟村中心一面雪白的外墙上，我看到了一幅很大的《拔河图》。在这幅具有现代风格的美术作品中，我们不难看出作家们律动的身影，不难听到作家们嘿嘿的拔河声。

像日月星辰一样，文学也是人世间的一束追光。在临潭脱贫攻坚的文学世界里，每一个作家都是一个发光体。像高原上的太阳一样，文学的光照时间是很长的……

尾声

啊日嗷，拔河去

岁末年头，在黄河穿城而过的兰州。在这篇《拔河兮》的初稿收尾之际，我开始像放电影一样回望走过的临潭，那些经见过的人和事，恐怕是我这一辈子都忘不了的。

岁末年头，在黄河穿城而过的兰州。

在这篇《拔河兮》的初稿收尾之际，我开始像放电影一样回望走过的临潭，那些经见过的人和事，恐怕是我这一辈子都忘不了的。

或许，这就是一幅临潭脱贫攻坚的拔河图：那些扶贫干部，已逝的贫困干部李聚鸿，还在坚守的陈玉错、杨世友、敏振西、吴玉平、杨志诚、邢平平、赵金平、道吉才让、王生勇、虎希平、艾力、陈勇、杨金平、周学辉、李生玉、代恒波、吴永平和武乾宁……那些致富带头人，张忠良、苟海龙、王付仓、张建平、贾双龙、马德、王玉环、金润娃和祝金江……那些贫困户，马富春、马马力克、张永贵、张福财、张六十四、龚永平、李骏成、张发祥、邢八英和马小红……那些扶不起的人，姓侯的懒汉、一老二少"半年憨"、最牛的贫困户……校园里的那些孩子，李小军、冯宏伟、李强强、祁玉红、张祖代，甚至包括全志杰为三个孩子覆膜的那18个奖状……

在我看来，一次关于贫困与扶贫的采访和书写，就是一次扶贫与贫困双重的精神经历，颠簸一路，风雨一路，却一路朝阳。

大西北已经很冷了，我想起在兰州领袖山上打工的那几个巴杰村人。我发信息问梁六彦："你们回家了吗？"

"领导，我们回家十多天了。你们一家都好吗？"

本来，"你们一家都好吗"这应该是我问他的问题，却让他先问了，所以我没有再出声问这个明知故问的问题。如此，我只能在心里问他：你们一家好吗？

梁六彦一家肯定不怎么好，因为我居然把他托给我的一件大事给忘了个一干二净。梁六彦提醒了我："好领导我女儿的独生子女征（证）现在的（能）办上吗？给我出个主义（主意）。怎么办。"

"你把详细情况写出来，我转发给你们吴镇长。"我赶紧说。

"就是没有三征（证）办不上情况我给你说来（说过）。以前我去过村干部家。村里领导说没有结婚征（证）结扎征（证）出生征（证）不能办。"

"你把姓名等情况都写清楚。"

"我们长年在外面打工不知到（知道）怎么办。"

"你把办证的人基本情况写清楚。"

"到兰州我给你说过，你说没征（证）能办上。我心没死。看有别的办法能办吗。"

"你把办证的人基本情况写清楚。"

"我实字（识字）不大（不多）不会清楚的（地）写出来。办征（证）人梁成孝草她是独生子我是她交（爸）她现年二十七岁有女许（女婿）和孩子。"

不在一个频道说话，太吃力了，我反复对他说"你把办证人的情况写清楚"，就是想让他发我一个完整的微信，然后我直接转发给吴玉平的，没想到费了这么大力气。没有办法，我只好把我与他的通话截图发给了吴玉平，然后又明确地给吴玉平发微信说了一下。不过，在我看来，小学都没有毕业的梁六彦发微信能有这个水平已经很不错了。

独生子女证对于一个贫困户很重要。那天，在兰州领袖山采访几个打工的巴杰村人，当我一个一个人问现在最关心的事是什么时，梁六彦说他的事就是女儿梁成孝草的独生子女证。原来，因为长年在外打工，他结婚时没有领结婚证，老婆结扎时没有办结扎证，女儿出生后没有办出生证，加上后来又和老婆离了婚，独生子女证优抚政策下来之后，又没有办下独生子女证。他的这些情况都属实，而且事出有因，我的想法是，写个情况证明一下，补办一个独生子女证应该不是什么问题，就答应给他想办法。

没有想到，问了吴玉平之后，说办独生子女证还有年龄限制，梁成孝草已经过了办证的年龄。为了让我更清楚地了解政策规定，吴玉平还发来了一个《独生子女办证条件》。

我一看，白纸黑字的，我这个"领导"已经无能为力了，只好将我与吴玉平的对话截图和《独生子女办证条件》给梁六彦一转了之。对此，我很不好意思，而且很沮丧，我曾经给了他希望的，结果他得到的却是失望。

说起外出务工，我忽然想起另外一件事。2019年12月10日，"临潭人社"发了一个中国作家协会后勤工作人员招聘简章，其实这就是中国作协的一个招聘启事，意思是中国作协在临潭定点招聘6至8名后勤工作人员（其中含男性水电暖工1至2名），服务员要求是年轻女性，初中以上学历；后勤服务人员新入职工资3200元，水电暖技术工薪资3500元，其余待遇一样。工资随年限调整。满一年后有5天带薪休假，休法定节假日，节假日加班按照国家规定付工资。所有人员不需工作经历，作协机关服务中心免费培训。最好2019年12月15日前到位。而且，简章明确工作地点是中国作协机关。

从县扶贫办副主任杨世友朋友圈看到这一消息后，我的内心十分感动和温暖，中国作协这可是把临潭人安排在自己的家里了，而且可能是几个贫困户家庭的人。我们这些经常去中国作协的人，从进大门一直到十楼的会议室，登记、开会和吃饭，都能看见一些衣着整洁得体、精神面貌甚佳的保安、水电暖工和服务员。而如今，在这个"作家之家"也将有我们甘肃临潭人了，真是让人高兴。对于一群乡下临潭人来说，能在京城工作是多么幸运的事情。中国作协机关能塑造人，北京大环境更能塑造人。

从简章发布的时间看，招聘已经结束，人员也已经上班，那么究竟谁是幸运者呢？这么一想，我立即发微信问可能经手此事的王志祥。一会儿，他回复说，人员已经定了，共招了8个人，但考虑到大家要过年，所以决定年后初十才去上班。

这虽然是一件小事，却充分说明，中国作协的扶贫是无微不至真正暖到了临潭人的心上。

最后，我与王志祥自然而然地又聊起了拔河。

"什么时候拔河，一定要喊我一声。"

"已经在准备，关键是绳子。据说这根绳子需要很长时间制作。"

"哈哈，绳子怎么会成为问题，民间有高人哩。"

"不是兄想象的，钢丝绳，近2000米，还有数百根分叉的细钢丝绳，上面还要缠麻绳。"

"大致什么时候?"

"按照明年正月十五准备。"

两天后，从临潭传来消息，正在进行的临潭县两会审议讨论的政府工作报告前所未有地将"文化临潭"作为重中之重提了出来。而且，一些人大代表、政协委员建议，希望年内举办临潭元宵节万人拔河赛、冶力关中国拔河赛。

2019年最后一天，曾在"万人拔河风险调查中"与我中断联系的杨金平突然给我发来一个视频：画面上，在一个冬阳温暖的院子里，几个人正在从一辆大卡车上卸两卷钢缆。

"老师，托你的福，临潭的绳到了!"正当我在心里兴奋不已地猜测的时候，杨金平补充了一句。至此，我才想起来，杨金平是流顺镇党委副书记，那段时间加的微信多，未及时做备注，把他的身份给忘了。

那不就是拔河的绳子吗，我说："太好了!"

"就是，太好了，不过还是要谢谢你。"杨金平当然指的是我那首诗。听他这么说，我当然很高兴，但我故意说，与我没有啥关系吧。

杨金平又说："绳到了，神也到了!"

"说得好!"我说。

在杨金平看来，一根拔河的绳子，就是绳龙啊；一根拔河的绳子，就是一个龙的图腾，在临潭人的心目中一直被像神一样敬着呢。

其实，大家关心着拔河，也惦记着我这个为拔河写过一首诗的人。当临潭县政府决定拔河的文件一出来，张忠良就给我发来了文件的照片。而在杨金平发绳子视频的同时，敏奇才、李生玉、全志杰和彭世华等人也给我发来了拔河绳子不同时间段的视频或照片。其中，彭世华发来的照片，拔河的绳子已经长长地铺在临潭县城雪后的街道上；不仅如此，全志杰不但把往年拔河的视频和照片发到了"临潭扶贫报告文学"群里，还把《文艺报》制作的洪水根朗诵版拔河诗又发到了朋友圈；而且，编发过这首拔河诗的《人民日报》（海外版）记者、编辑张鹏禹还用电话就我正在进行的临潭扶贫书写采访了我，稿子1月17日就见报了，标题为《扶贫路上的文学力量》，稿子写的不只是我一个人，提到了四五位在全国各地扶贫前线采访的作家呢。

与贫困户扎西的丈夫马富春同名同姓的临潭籍《中国青年报》甘肃记者站记者马富春，在我到临潭采访后，不但介绍我认识了洮商张忠良，还一直在微信朋友圈里关注我的行踪。拔河的绳子运回之后，他既发来了一张绳子的照片，又微信约我："新年扯绳走！"

啊日嗷（喂），拔河去，拔河去。唏不好，非常好！到时候，我要丢下这支秃笔，去临潭看万人拔河。不，到了临潭，我就要撸起袖子拔河，拔了上街，又拔下街……

中断了12年又开始要嘿嘿的万人拔河，那该是怎样一个激动人心的场面哪。

但是，这个虚词"但是"的转折太让人悲伤了。

计划赶不上变化，人算不如天算。临潭原定于2020年元宵节举行的"万人扯绳"又扯不成了。1月17日，就在临潭县洮州民俗文化协会关于在2月7日至9日举行拔河活动的海报发布不久，一场突如其来的新型冠状病毒肺炎疫情暴发，然后扩散至全国，为了保卫家园，扶危渡厄，各地的文化集会一律取消。因为新冠肺炎疫情阻击战是全国一盘棋，临潭人必须参与到防控疫情的拔河之战中去，和全国人民一起与瘟神决一胜负。如此，临潭人要同时进行两场世纪之战——脱贫攻坚战和新冠肺炎疫情阻击战。

希望总是与失望相伴。时隔41天，2月28日，经甘肃省脱贫攻坚领导小组办公室事前公示，甘肃省人民政府宣布临潭县等31个全省贫困县退出贫困县序列，临潭人集体甩掉了一个不光彩的穷帽子。这一历史性拐点，让许多临潭人深深地松了一口气。不过，退出贫困县，并不意味着临潭人彻底摆脱了贫困，临潭的扶贫只是取得了一个阶段性胜利。

不仅仅是临潭，正在崛起的中国，今后不只是要与贫困"拔河"。

2019年12月31日兰州初稿

2020年2月23日兰州改二稿

2020年3月2日兰州改三稿

2020年4月26日西安修改

2020年7月5日兰州定稿

后 记

其实，这是一个关于《拔河兮——脱贫攻坚临潭记》的创作谈。

以往，除非是指令性的任务，我是不屑于写什么创作谈的，总觉得有作品说话即可，无须再啰唆什么，但这次这个创作谈不吐不快，一些心绪和情况必须记下来。

《拔河兮》的文本框架，由一个引子、七个分章和一个尾声组成。作品以国家级贫困县临潭600年的传统体育文化拔河为线索，勾画了一幅中国作协扶贫点临潭县人文历史、山川形胜和脱贫攻坚的全景图。作品通过真实地讲述贫困和扶贫的故事，客观地揭示临潭贫困的根源与现状，积极反映群众脱贫致富的愿望、临潭县脱贫攻坚的力度和社会各界援建帮扶的情怀。因为关注的是中国作协"文化润心，文学助力，扶志扶智"的扶贫理念，《拔河兮》旨在诠释一种"内生动力"根本的扶贫精神。

　　《拔河兮》已经接受了广大读者的检阅。动笔写作报告文学之前，《人民日报》海外版、文艺报微播报先后刊登和播出了我刚到临潭时所写的后来成为体现《拔河兮》主旨的长诗《在临潭我就想撸起袖子拔河》。作品完成之后，作品近一半的篇幅先后在《文艺报》《光明日报》《中国民族报》《民主协商报》和《甘肃日报》5家主流媒体整版节选陆续刊出，而整部作品随后又在《平凉日报》"泾水副刊"连载。不仅如此，光明网、中国作家网、国家民委网、甘肃日报新媒体"新甘肃"、中国甘肃网、甘南文旅和藏人文化网还进行了转发。而在5个整版的节选作品中，由《光明日报》刊出的《合作社里的硬汉子》，为该报"中国扶贫十二章"栏目第二篇特稿。作品发出后引起较大关注，一些自媒体也做了积极的转发。中国人民公安大学教授黎津平的博客转发后不到一天时间，读者流量达到8.6万人。随着作品与读者的见面，我在临潭的书写也引起了媒体的关注，《人民日报》海外版、《文艺报》和《光明日报》的记者先后采访了我，其专访或综合报道对我的写作立场给予了充分的肯定。

　　《拔河兮》的广泛传播力源自作品本身。第三次修改结束后，我先发给了认识不久的十几位临潭朋友征求意见，其中有乡镇干部、驻村第一书记、作家诗人和临潭籍在外工作的媒体记者，当然还包括我写到的几位识字的贫困户。除了一些硬性的错误，大家的反应是充分肯定的，都是"很接地气""真实感人"和"很有临潭味"等赞誉。临潭县扶贫办书记陈玉楷是一个"老扶贫"了，他在微信中说："《拔河兮》拜读了两次，每次都荡气回肠，感动着自己，或许是长期身临其境的缘故吧，我没有啥更好的意见建议，祝愿早日发表印制问世。由衷感谢您在百忙之中书写临潭扶贫，让后人能从点点滴滴的故事中体会、寻找扶贫干部的千辛万苦，体会当年临潭贫困户孜孜不倦的奋斗精神，感悟到生活真谛和幸福背后的艰辛。"在《拔河兮》接受二次审读的过程中，我随省政协文史委调研组抵达临潭后，县政协的一位领导听说我就是《拔河兮》的作者，便肯定地说《拔河兮》是这些年写临潭最好的报告文学。

这些评价让我始料未及，尽管是我一开始就希望达到的目的。对此，我当然非常感谢临潭县扶贫办、扶贫干部、贫困户以及几家媒体给予一个作家的信任和支持。

我的文学启蒙始于20世纪80年代初，作为一个后来以诗歌写作而起步的人，那时候我接触最多的倒不是诗歌而是报告文学。可以说，改革开放之初具有代表性的报告文学我都看了，也许正是这份营养成就了我的现实主义文学梦想。自从由诗歌创作转型尝试报告文学写作之后，报告文学的文体真义一直是我企图寻找并希望实践的。4年前，在完成了长篇报告文学《初心》（与刘镜合作）之后，编者在刊出作品时约我写过一个创作谈，题为《关于一种文体的真诚告白》（见《中国作家》纪实版2017年第三期）。《初心》写的是原陕甘宁边区华池县县长李培福——一个曾经获得毛泽东"面向群众"题词的劳动模范，而我的这篇创作谈则是创作《初心》之后对文学初心的一点认识。在一次洗礼般的历史书写中，李培福"面向群众"的初心让我认识到，前辈们所坚守的事业光前裕后，而文学同样应该具备这样的承载和操守。所以，在这篇创作谈中，我真诚告白的是我对报告文学真实性原则的赞同。

临潭扶贫书写采访之初，虽然心里已经有一个定向，但我还是与县扶贫办书记陈玉锴和一些扶贫干部多次沟通，怎么写，写什么，必须得到临潭的支持。陈玉锴们的态度给我鼓舞很大，我们的初心都是一样的，而且我们都有一个鲜明的文学原则和立场：写真的，真实地写，写群众怎么脱贫，写干部怎么扶贫，作品一定要让老百姓喜欢；扶贫工作的落脚点是要让老百姓满意，关于扶贫的文学也应该让老百姓满意。所以，我的扶贫书写必须"面向群众"，作品必须争取老百姓的口碑，而不能写成宣传材料或"广告文学"。只有如此，作品才会有艺术生命力，才能成为临潭脱贫攻坚大决战的号角。近几年来，本人关于庆阳市的扶贫报告文学书写《七月流火走庆阳》（刊于《人民文学》），关于清水县的扶贫报告文学书写《访贫黄帝故里》（刊于《散文选刊》），关于长庆油田50年奋斗史的报告文学《战石油》（春风文艺出版社出版），以及见诸当地一些新媒体的陇南扶贫诗歌书写《陇南扶贫笔记》等，就是基于这样的一种认知。

采挖的深度决定了书写的高度。贫困是人类社会普遍存在的阴暗面，真实地反映扶贫关乎作家的文学良知、社会责任和时代使命，任何好大喜功的文学粉饰都是罪过。包括临潭乃至甘肃在内，中国的脱贫攻坚已经取得了举世瞩目的阶段性成果，但其并非是轻而易举获得的，而是付出了艰苦卓绝的努力，以文学反映这一成果必然会对一些所谓负面情况做以客观的折射。坚持真实性原则写作，意味着不能回避存在的问题，而这在当下是很不容易做到的事情。因为要找到临潭贫困的根源，反映出临潭扶贫的艰难，在《拔河兮》的第一章中，我就直奔问题，写了当地人讳莫如深的"十年怠政"，并将临潭与土地"插花式"接壤的邻县卓尼进行了比较。我的认识是，不写存在的问题，无法反衬出今天的成绩；不与邻县卓尼比较，又无法比对出差距。但是，就是这样一个作文的常识，却成了我书写的一个高难度动作。《拔河兮》写作过程中，有一些人建议我不能写负面的，即使是为了写正面的而写了负面的；还有一些人觉得我的作品把临潭的贫困写得太苦。我想，世界上哪一个地方的贫困和扶贫是"甜的"？而哪一个地方的贫困和扶贫又需要虚假的"美化"？报告文学真实性原则提醒我，绝不能糊涂，必须忠于自己的看见，如果昧着良心去写，临潭老百姓这一关恐怕都过不去。如斯，真实性原则就像一根内力充沛的拐杖，支撑着我走完了临潭扶贫采访和书写的全过程，并使《拔河兮》单行本得以顺利与读者见面。这里，我非常感谢李敬泽、梁鸿鹰等人及春风文艺出版社对我的理解、鼓励和支持。

　　文学关照生活，有着作家本身的因素，也有一个文体的选择问题，而求实存真的报告文学在诸多体裁中恐怕是最直接的一种载体。而且，作家选择文体，并不意味着文体屈服于作家，文体精神应该始终是刚性的。所以，我也很感谢报告文学这样一种记录时代的文体对我的选择——它让我真诚地塑造了一个自己。我这样说的意思是，这次报告文学书写，我坚持了报告文学的基本原则，基本没有辜负这种文体的期许，而从作品的志趣和影响来看，我觉得自己既无愧于临潭扶贫又无愧于报告文学。

在一个非虚构的时代，读者在呼唤真正的报告文学，而真正的报告文学必须是一面时代的镜子，必须真实地照见社会时代景象，即使是不能照见全部客观存在，但所照见的一角必然是真实的。

此乃一点心得而已，且为后记。

高　凯

2020年8月9日　兰州